A Bernardo Gandulla,
por contarme la historia de Agatha y Max.

Huellas en el desierto

Gabriela Margall (1977) es escritora, historiadora y profesora de Historia egresada de la Universidad de Buenos Aires. Desde 2006 escribe y publica novelas histórico-románticas, conjugando la investigación sobre mujeres y vida cotidiana con personajes de ficción. Es autora de las novelas *Si encuentro tu nombre en el fuego* (2006), *Con solo nombrarte* (2007), *Lo que no se nombra* (2008), *Los que esperan la lluvia* (2010) y *Ojos color pampa* (2011), todas editadas por Vestales; y *La princesa de las Pampas* (2012), su continuación *La hija del Tirano* (2013), *La Dama de los Espejos* (2014), *El secreto de Jane Austen* (2015), *Ese ancho río entre nosotros* (2016) y *Huellas en el desierto* (2017), editadas por Vergara.

Al repasar mi vida, me da la impresión de que lo más vívido, lo que ha permanecido más claro en mi mente, son los lugares. He estado allí. Siento un estremecimiento de placer; un árbol, una colina, una casa blanca escondida en algún sitio, cerca de un canal, la forma de una loma lejana. Algunas veces reflexiono un momento para recordar dónde y cuándo. Entonces la imagen viene claramente y sé.

Agatha Christie, *Autobiografía.*

Personajes

En Oriente

Dr. Leonard Woolley, arqueólogo y director de la expedición arqueológica en Ur

Katharine Woolley, esposa del anterior, dibujante de la expedición arqueológica en Ur

Max Mallowan, arqueólogo adjunto de la expedición arqueológica en Ur

Agatha Christie, escritora, viajera y alma de esta novela

Algernon Whitburn, joven arquitecto de la expedición

Sheikh Hamoudi ibn Ibahim, capataz de la expedición

En Occidente

Rosalind Christie, hija de Agatha Christie

Madge (Punkie) Watts, hermana de Agatha Christie

James (Jimmy) Watts, cuñado de Agatha Christie

Charlotte (Carlo) Fisher, secretaria, taquígrafa y amiga de Agatha Christie

PRIMERA PARTE

En Oriente

Me enamoré de Ur, de su belleza al atardecer con los zigurats que se elevaban ligeramente ocultos por las sombras y aquel ancho mar de arena con sus colores pálidos, maravillosos, amarillo durazno, rosa, azul, malva, cambiando a cada minuto. Me gustaban los trabajadores, el capataz, los muchachitos que llevaban los canastos, los que manejaban el pico. El encanto del pasado se apoderó de mí. Era romántico ver cómo aparecía, lentamente, entre la arena, un puñal con reflejos dorados.

Agatha Christie, *Autobiografía.*

1

Una escritora de misterios

Marzo de 1930,
excavación arqueológica de la antigua Ur, sur de Irak.

—...el hombre del fusil.

—¿Qué? —preguntó Mallowan desconcertado.

Katharine se echó hacia atrás al escuchar su tono de voz. Él se dio cuenta enseguida de que había sido descortés y se disculpó con una inclinación de cabeza.

—Perdón —dijo con voz firme—. Me distrajeron los trabajadores. ¿Hay alguien que tenga un fusil? ¿De eso me hablas? ¿Volvieron a pelearse?

Katharine sacudió la cabeza para indicarle que no podía creer lo que escuchaba.

—¡Max, por favor! Hablaba de nuestra huésped, de Agatha.

—Ah, ya veo. ¿Es sobre su novela? ¿La que todos quieren que lea? Estoy ocupado en estos días con unos reportes de excavación de la ciudad de Ugarit, en Siria. Lo lamento. Y, además, ya me dijeron quién mata a este señor Ackroyd así que no tiene sentido que la lea.

Katharine respiró profundo un par de veces. Mallowan dio un paso hacia atrás para resguardarse de su impaciencia.

—No —dijo ella con voz grave—. Lo que te pido es que averigües todo lo que puedas sobre el hombre del fusil. Creo que puede encerrar un misterio.

Mallowan pestañeó.

Estaba de cuclillas en el suelo, frente a unas cajas de madera, comprobando números en un cuaderno. El cansancio, el calor y el movimiento de los trabajadores iraquíes lo distraían de las demandas de Katharine. Ella percibió su fastidio y resopló. Max entendió que era el momento de ponerse de pie y prestar verdadera atención.

—Es algo muy sencillo lo que te estoy pidiendo. Has excavado por meses, créeme será una tarea mucho más fácil.

—No entiendo exactamente qué debo buscar con la señora Christie pero Whitburn la conoce y le será mucho más sencilla esa tarea.

—Whitburn está muy ocupado para hacerlo —dijo Katharine con voz apagada.

—¿Whitburn se negó? —Mallowan alzó las manos de inmediato para detener las palabras de Katharine—. Está bien, está bien. Pero Katharine, si no me explicas todo desde el principio no voy a poder ayudarte.

—¡Max Mallowan hace quince minutos que estoy hablándote y no me has escuchado en lo más mínimo!

—Lo siento.

Max dejó el cuaderno con las listas sobre una de las cajas. Tenía las rodillas cansadas y no veía la hora de que terminara el día. Se sacó un pañuelo del bolsillo para limpiarse el sudor. Asintió una vez más, ganando tiempo para saber qué responderle a Katharine. Si no se le ocurría nada en los próximos segundos iba a necesitar de la presencia de Leonard para que aplacara a su mujer.

La excavación estaba en su fase final. De los casi doscientos obreros que habían estado a su cargo desde noviembre de 1929, apenas quedaban unos veinte para tareas relacionadas con el transporte de las cajas que se apilaban delante de Max.

Las cajas contenían todos los objetos que habían encontrado en la campaña arqueológica en Ur. Había tesoros, sí, pero no los que habían imaginado a fines de octubre cuando proyectaban la excavación.

Hasta que Katharine se había acercado, Max había estado con los hombres anotando en un cuaderno las cajas con el detalle de lo que contenían. Leonard Woolley no aparecía por ningún lado y Hamoudi, el capataz, estaba demasiado lejos para hacerlo entrar en la conversación. Los ojos de Max volvieron al rostro de Katharine.

—Leonard se fue en uno de los autos a hacer un recorrido hasta la estación de trenes. No lo encontrarás.

—Entonces, insisto, mi querida Katharine, que tendrás que explicarme todo otra vez.

Katharine aceptó pero su expresión dejaba en claro que en algún momento Max debería pagar por semejante atropello.

—La señora Christie llegará mañana. Como sabes es una gran amiga nuestra. El año pasado estuvo de visita en Bagdad y quiso conocer la excavación. Por supuesto que la acepté, porque ¿cómo no aceptar a la autora de *El asesinato de Roger Ackroyd*? De no haberte enfermado, la habrías conocido.

—Lo sé. Pero hay poco que se pueda hacer para solucionar una apendicitis.

—Por suerte Whitburn estuvo aquí para ayudarnos con todo. No sé qué hubiésemos hecho sin él.

—Sí, Whitburn es indispensable —murmuró Max con la esperanza de que su tono no revelara sus sospechas sobre lo indispensable que era su compañero de expedición.

—Lo que quiero —dijo con voz clara Katharine— es que descubras quién es el hombre del fusil.

—¡Whitburn! —dijo Max corriendo el riesgo de parecer un loco.

—¿Perdón?

—Es que resulta muy obvio que el más indicado para la tarea es Whitburn. ¿Por qué no se ocupa Algy de este tema?

Después de todo ya conoce a la señora Christie y según me contó ya leyó todos los libros que tiene publicados.

—Ya te dije que Whitburn se encargará de otras cosas.

—¿Otras cosas? —preguntó Max con una inocencia que ni él creyó.

—Así es. Tiene otros encargos. Creo que eres un buen investigador y un gran observador. Mucho mejor que Whitburn. Más reflexivo y sagaz.

—Gracias.

—Y eso te capacita para conocer con exactitud los detalles del hombre del fusil.

Max se quedó callado sin saber qué decir. Vio la figura de Hamoudi sobre una loma, su sitio preferido para vigilar a los trabajadores, y deseó tenerlo cerca y poder inventar una excusa para salir corriendo.

—¿Max?

—¿Katharine?

—El hombre del fusil. ¡Estás muy distraído hoy!

—Es cierto. Me disculpo. Y me arriesgo a que su exasperación aumente, pero pregunto otra vez: ¿este "hombre del fusil" es una novela nueva de la señora Christie? ¿De eso quiere que me ocupe?

Katharine se acomodó la ropa con delicadeza como si quisiera poner todos los elementos de la conversación en su lugar. Suspiró antes de explicarle:

—Como te dije antes —recalcó— es algo que ella mencionó al pasar el año pasado y no se me va de la mente. Necesito saber de qué se trata. Sabes bien cómo soy. Una intriga se me instala en la mente y no puedo parar hasta saberlo todo.

—¿Y por qué no se lo pregunta directamente a ella?

—No puedo —dijo con voz dramática.

—¿Por qué?

Katharine alzó la cabeza y revoleó los ojos. El sol le dio directamente en la cara. Se cubrió la cabeza con la mano con un gesto delicado que enmarcaba el fastidio de sus ojos. Se la notaba molesta, como si hubiese algo que no quisiera reconocer. Max comprendió que ese era el camino por el que debía transitar.

—Katharine, sabes que siempre estoy dispuesto a solucionar tus dificultades. Tus variadas, numerosas y complejas dificultades. Pero tienes que darme la información necesaria. No puedo hacer nada sin la información completa.

Ella removió la tierra con el zapato. Max, con la cabeza baja, esperó hasta que se decidiera.

—El año pasado escuché a Agatha hablar en su habitación. Por la noche. De inmediato supuse que estaba con Whitburn y me molestó mucho. ¿Una mujer divorciada a solas con un hombre en una expedición? Muy fuera de lugar. Así que entré de inmediato para aclararle las reglas de comportamiento en la excavación. No había nadie. Quiero decir que no estaba Whitburn. Era ella quien tenía una pesadilla y hablaba muy fuerte. La escuché decir "el hombre del fusil... el hombre del fusil...".

—¿Eso? ¿Solo eso? —Max no lograba ocultar su asombro—. Katharine, vamos, solo era un mal sueño de la señora Christie. Uno que ella misma olvidó al día siguiente.

—Ya veo por qué no te gustan las novelas de misterio, Max. Eres un gran observador pero tienes escasa imaginación. Si hubiese sido solo un mal sueño no estaría dándome vueltas en la cabeza. Ah, no. Fue un mal sueño que se repitió tres veces. Tres noches seguidas la escuché hablar y llegué justo para cuando ella repetía esa frase. Algo que la tiene intranquila. Y Max, estoy segura de que tiene que ver con su desaparición.

—Katharine, no creo que sea una situación en la que debamos intervenir. Los días de su desaparición deben ser un tema muy sensible para la señora Christie.

—Ah, vamos, Max, sabes bien que los periódicos publicaron una mentira tras otra. Estoy segura de que nadie dio con la verdadera razón de su desaparición. Intenté preguntarle a ella cuando nos hospedamos en su casa de Londres. Pero Agatha es muy discreta y no dijo mucho. Solo que había tenido una crisis nerviosa.

—¿Y por qué no creerle? No conozco a la señora Christie pero no debe ser una mujer insensata.

—Porque ella es una maestra en el engaño, por supuesto. ¿No lo ves? Algo oculta detrás de ese silencio. Y estoy segura de que el "hombre del fusil" tiene algo que ver con esta crisis de nervios. ¿Te imaginas? Saber exactamente qué pasó. El verdadero secreto de Agatha Christie. Lo que jamás se ha dicho de la autora de *El asesinato de Roger Ackroyd*. Ser los únicos que comprenden todo el misterio. ¡Volvernos Hércules Poirot en persona!

A Max le asustó la expresión soñadora de Katharine.

La dejó sumirse en el ensueño de sus fantasías, mientras él ponía sus ideas en orden. La esposa del jefe de la expedición era una mujer especial. Hija de padres alemanes, pero educada en Inglaterra, había nacido con el nombre de Katharine Menke. Era una mujer muy inteligente y con capacidades reales para el dibujo y la escultura. Katharine había estudiado en el Somerville College de la Universidad de Oxford pero había tenido que abandonar su educación por motivos de salud que nunca había explicado.

Se había casado con un militar llamado Bertram Keeling pero el matrimonio fue breve. A los seis meses, el hombre se pegó un tiro en la cabeza frente a las pirámides de Egipto.

Pero el Oriente no había sido un mal augurio para Katharine sino una fascinación. Sus viajes la llevaron a Bagdad y a la excavación de Ur, a cargo de Leonard Woolley. En 1926, un año después de la llegada de Max a la excavación, ella y Leonard se casaron. Desde entonces reinaba sobre todos los hombres del lugar ya fuesen árabes, cristianos, iraquíes, ingleses, solteros, religiosos o casados. Su poder no admitía competencia.

—Pensé que Agatha era tu amiga —dijo Max para sacarla del ensueño.

—¡Por supuesto que lo es! Agatha es maravillosa. ¿Cuántas personas te ofrecen su casa recién comprada para alojarte en ella? Una casita en el barrio de The Boltons, en Londres. Un lugar muy respetado. Debe estar teniendo mucho éxito si pudo comprarse una casa en un lugar así. Y no sabes lo bien que cocina. Realmente es muy amable y encantadora. ¿Pero, no sería increíble que pudiéramos descubrir este misterio? Conocer su verdadera historia nos haría entenderla mucho mejor.

—Insisto, Katharine, lo mejor sería que le preguntaras a ella.

—Y yo insisto, Max, en que puedes ser de gran ayuda. Tus habilidades como arqueólogo te lo permitirán. Solo tienes que investigar, cavar en los más profundos misterios de Agatha Christie.

—¡Katharine!

La frase tenía un claro doble sentido y Katharine emitió una risa pícara y falsa al mismo tiempo.

—Oh, vamos, Max. Es una mujer solitaria y que está sola. Estoy segura de que aceptará la compañía de un hombre joven, atractivo e inteligente como tú. De hecho, espera, ¡es una idea genial! Ya sé cómo averiguarás todo. Te ocuparás de Agatha en toda su estancia en Ur. Te lo ordeno.

2

En los sueños de Agatha Christie

Max se sentó en una de las cajas que habían estado embalando todo el día. Seguramente debajo de él habría un arpa, una corona, un hacha de cobre. Un objeto extraordinario de cuatro mil años de antigüedad que corría el riesgo de ser destruido mientras él se lamentaba por su suerte.

Hamoudi había hecho sonar la sirena que anunciaba a los miembros de la excavación que era la hora de finalizar las tareas. Mientras el capataz pagaba a los trabajadores el jornal, Max exhaló un largo suspiro de alivio. Tan largo y sonoro fue que varios trabajadores iraquíes que caminaban hacia el lugar donde se servía el té se quedaron petrificados. Les hizo una seña para que siguieran su camino tranquilos.

Max podía pensar como los demás y considerar a Katharine una mujer difícil. Pero no podía dejar de reconocer sus talentos. Ella lo había entrevistado para trabajar en la expedición conjunta entre el Museo Británico y la Universidad de Pennsylvania en 1925. De inmediato, valoró lo importante que resultaba Katharine para la expedición. Así como había descubierto las características peculiares del matrimonio: cierta frialdad en el trato, una especie de corriente permanente que los alejaba en lugar de atraerlos. Sin embargo, más allá de la relación tensa que pudiera existir entre ellos, Katharine era tan importante que Leonard discutía todo con ella. Y en ocasiones, cuando Max afirmaba algo que iba en contra de las ideas de Leonard, era ella quien se lo discutía en términos que cualquiera de sus colegas de Oxford podría haber hecho.

Había vivido esa experiencia en diciembre del año anterior, mientras excavaban nuevos sectores del cementerio. En las excavaciones, Woolley había descubierto estrato especial en el terreno, una arcilla de textura distinta a las demás, una especie de arenilla que había sido, probablemente, arrastrada por el viento. El entusiasmo de Woolley y el carácter dominante de Katharine les había hecho creer que se trataba de los restos —y la confirmación— del diluvio universal.

Max, observador como había dicho Katharine, les señaló que el contexto de la banda de arcilla no concordaba con la cronología del diluvio. Los dos lo miraron de inmediato como si los hubiese lastimado en lo más profundo del alma. Se permitió la duda y optó por dejar que el matrimonio Woolley siguiera discutiendo los términos del hallazgo.

Al final de la temporada, ninguno había vuelto a tocar el tema del diluvio y coincidieron en buscar más datos en la próxima excavación. La observación de Max había sido correcta y el silencio de Leonard le daba la razón. Era simple: los objetos encontrados no tenían suficiente antigüedad como para ser de una época tan remota como la de la inundación que había dado fin a la primera humanidad bíblica. El entusiasmo de Woolley no le permitía aceptar que simplemente había otra explicación y que la cronología que usaba para datar el estrato de tierra era equivocada. Max no lo mencionó pero estaba seguro de que más datos ofrecerían el mismo resultado.

El silencio de Max probó ser muy eficiente, como de costumbre. Y no era extraño que Leonard tuviera que contenerse antes de dar a conocer cierto descubrimiento. Peor era salir en los periódicos y al día siguiente tener que decir que todo había sido una equivocación.

Max sabía bien que el dinero y la prensa eran necesarios. El Museo Británico y la Universidad de Pennsylvania esperaban resultados que pudieran exhibirse. Irak era el escenario de gran cantidad de expediciones arqueológicas que prometían tesoros como el de Tutankhamón.

Después de la Gran Guerra, y con la ayuda de Thomas Edward Lawrence —conocido en el mundo como Lawrence de Arabia— las tribus árabes de la antigua región conocida como Mesopotamia se habían unido bajo el rey Faysal en 1922. Gracias a su rebelión contra el imperio otomano, enemigo de Gran Bretaña, las tribus habían conseguido el apoyo suficiente para constituirse en un país, llamado Irak, que quedaba bajo la protección británica.

Pronto, Irak provocó las mismas fantasías que despertaba Egipto. Lord Carnarvon y Howard Carter habían despertado de su sueño al faraón Tutankhamón en 1922. Sus múltiples sarcófagos, la cantidad de oro encontrado, las estatuillas, la misma momia habían sentado las bases de una arqueología que consistía en el descubrimiento de tesoros fabulosos. El Imperio Británico esperaba lo mismo de Irak.

El doctor Leonard Woolley y la ciudad de Ur ya habían cumplido, en parte, con las expectativas de la prensa y los patrocinadores. En 1927, y después de varios años de excavaciones con magros resultados, salieron a la luz los tesoros de Ur: las tumbas reales del gran cementerio.

Fue tan magnífico el hallazgo que tuvieron que acomodar los objetos de oro en las habitaciones porque las salas no daban abasto. Los trabajadores no dejaban de desenterrar estatuas, cilindros y tablillas. Oro y piedras preciosas emergían entre los ladrillos secos y la arena del desierto. Leonard y Max catalogaban y Katharine dibujaba y colocaba los objetos en las cajas con cuidado de enfermera. Mientras tanto, Max no podía dejar de pensar maravillado que tenía el pasado entre sus manos, a veces deshaciéndose después de un leve roce.

Leonard y Katharine salieron en los periódicos tal como habían salido Carnarvon y Carter en 1922, al descubrir la tumba de Tutankhamón en Egipto. El descubrimiento fue extraordinario y una civilización de la que poco se sabía, la súmera, se hizo pronto famosa. Había más de dos mil quinientas tumbas pero dieciséis fueron realmente las que le ganaron la fama al cementerio. Los periódicos entrevistaron a Woolley, lo fotografiaron con la cabeza de la reina Shub-ad que Katharine, con muchísimo talento había modelado. Tanta fue la fama que el mismo rey de Holanda insistió en recorrer la excavación de la ciudad de Ur y lo logró, por supuesto.

Max estaba feliz de haber sido parte de ese descubrimiento. Estaba agradecido a Leonard por permitirle ser el segundo arqueólogo de la expedición y transformarse, en definitiva, en su mentor y maestro. Estaba agradecido con Katharine por haberlo seleccionado para la tarea y cumplía incluso con sus excéntricos pedidos porque sabía que de ella dependía en parte su futuro.

¿Pero cómo demonios iba a descubrir qué había en los sueños de una escritora de misterios llamada Agatha Christie?

3

La bella Katharine y la pobre Agatha

—¡Mi queridísima Agatha!

Las manos cálidas de Leonard la recibieron tan bien como su sonrisa. Agatha le sonrió de igual modo, contenta de estar en Ur. El hombre se separó y le señaló a un joven delgado que estaba junto a ellos:

—Agatha Christie, te presento al doctor Max Mallowan, arqueólogo adjunto de la expedición conjunta entre la Universidad de Pennsylvania y el Museo Británico. No te dejes engañar por su acento inglés. En él no hay nada de sangre británica. Todo es educación.

—¿Y qué es un británico sin su educación? —preguntó Mallowan con un acento tan inglés que a Agatha le resultó extranjero—. Encantado de conocerla, señora Christie. Bienvenida.

—Encantada, señor Mallowan —dijo Agatha con tanta elocuencia como le permitió su timidez.

Mallowan dio un paso hacia atrás y ella lo miró de frente. Fue un momento incómodo sin necesidad pero Agatha se había acostumbrado a sentirse incómoda cuando conocía a alguien. Los ojos de Mallowan eran amables y curiosos. Le pareció que él intentó sonreírle pero Agatha desvió enseguida los ojos hacia Leonard.

—Katharine es la anfitriona y seguramente se comportará de manera correcta —dijo Leonard acercándose y bajando la voz—, pero si no aprovechamos y te robo ya mismo, ella te tendrá para sí y no podré mostrarte la vista desde la cima. Sé que estás cansada pero si haces un esfuerzo llegaremos a ver el atardecer desde el zigurat. ¿Estás de humor para un atardecer melancólico?

—Solo si me guía la mano de un experto —sonrió Agatha, asintiendo.

—Vamos —dijo Leonard extendiéndole la mano—. Ven con nosotros, Mallowan, y hazle una seña a Hamoudi para que venga también por si se hace de noche.

Agatha ya conocía a Hamoudi. Colaborador de Leonard, trabajaba con él desde antes de la Gran Guerra, cuando Woolley había excavado en Turquía junto a Lawrence de Arabia. Agatha había observado que Hamoudi mantenía el control de los obreros iraquíes del modo en que solo un hombre del desierto podía hacerlo: a los gritos. Leonard era demasiado inglés, demasiado amante de su civilización para poder tratar a los gritos con los iraquíes. El hombre, vestido de túnica y turbante blancos y chaqueta verde se acercó hasta ellos después de un gesto de Mallowan. Saludó con afecto a Agatha, tomándole la mano como un occidental y deseándole buena estadía en Ur. Después y por el resto de la excursión, Hamoudi y Mallowan hablaron en árabe, lo que incomodó mucho a Agatha. Tuvo todo el tiempo la impresión de que hablaban de ella.

Los cuatro subieron por las escaleras del zigurat con esfuerzo. Los ladrillos de barro que componían los escalones estaban duros pero se deshacían en un fino polvillo según iban subiendo por el monumento. A cada paso, el viento lleno de arenilla se hacía sentir y llegó un momento en el que Agatha tuvo que sacarse el sombrero porque estaba a punto de volarse. Mallowan extendió el brazo con un ofrecimiento silencioso. Agatha comprendió y el joven llevó su sombrero durante el resto de la excursión.

—Imagínate, Agatha —decía Leonard moviendo las manos hacia los cuatro puntos cardinales—. Imagínate una gran ceremonia, un sacerdote oficiando el sacrificio, el ritual...

—¿Sacrificios humanos?

—¿Por qué no? Hemos encontrado algunos indicios, Agatha. Mis amigos los súmeros podían ser crueles si se lo proponían o crear esta maravilla de la civilización como son estos ladrillos sobre los que estamos parados. ¡Ladrillos de cuatro mil años, Agatha! Solo ladrillos sobre ladrillos y una extraordinaria inteligencia.

Cuando llegaron a la cima del zigurat el viento les pegaba la ropa al cuerpo. Aun así, la vista valía la pena la incomodidad. El sol estaba por llegar a la línea del horizonte y era una esfera de color amarillo fuego. Las nubes alrededor del sol, alargadas y pálidas, se habían vuelto del color de los duraznos: rosado, amarillo, violeta. Agatha había viajado durante días, recorrido miles y miles de millas para poder volver a ese atardecer del desierto que la maravillaba. Era melancólico, como decía Leonard, pero también bello.

Hacia abajo se veía el resto de la excavación de la expedición de Ur, los niveles y terrazas que entregaban sus tesoros después de días de paciente trabajo. Las paredes que daban al oeste estaban de un color naranja dorado que durante el día no era más que un blanco sucio y triste.

—Para todo hay un tiempo —le susurró Leonard al oído mientras le señalaba el momento en que el sol tocaba el horizonte en el desierto. Toda la arena se había encendido al atardecer y era un manto dorado apenas interrumpido por alguna ondulación—. Hacia el oeste muere el sol. Y hacia el este está la vida.

Agatha siguió hechizada el brazo de Leonard. Se volvió de espaldas para contemplar el otro paisaje, el de la vida más allá del desierto. La línea del tren que la había traído cortaba la serenidad de la llanura. Los trenes ingleses habían dejado su marca de modernidad sobre ese lugar de cuatro mil años. Más allá de las vías, los campos cercanos al río Éufrates se iluminaban dando paso a la vida: una aldea árabe con casas de adobe, grupitos de ovejas blancas, hombres vestidos de túnicas que caminaban de aquí para allá, mujeres cubiertas por velos que desaparecían en las tiendas.

—¿Te imaginas, Agatha, lo que debió ser? El padre Abraham caminando por estos campos, haciendo pastar a sus ovejas, dándoles agua de beber, agua dorada por este mismo atardecer. El mismo sol que el jeque de los *ghazzi* que habitan esa aldea en este momento. Un único sol y un único cielo.

Agatha no pudo responder. Miró a Leonard con los ojos brillantes por las lágrimas contenidas. Ni el viento, ni la arenilla, ni la incomodidad de subir el zigurat, después de tantas horas de viaje le molestaban. Había vuelto a ver ese horizonte, ese caleidoscopio de colores amarillos y rojos que danzaban delante de ella. Estaba lejos de todo y se sentía en paz, incluso con los fantasmas que la visitaban en sueños.

—Imagínate toda esta tierra cubierta de pastos verdes. Lo que ahora es un desierto hace cuatro mil años era una ciudad refulgente, llena de vida y riquezas. Los canales cruzando el suelo desde el Éufrates, los campos sembrados, la gente que habitaba la ciudad y las aldeas circundantes, niños corriendo por las calles, viajeros que iban y venían llevando mensajes entre reyes y príncipes, amos y señores. Y hoy, aquí, una extraordinaria escritora y un desierto pidiéndole que imagine una historia de misterio.

Agatha rio por la reverencia que hizo Leonard al decir esas palabras y le devolvió el gesto. Con voz suave, Mallowan indicó que era tiempo de volver si no querían llegar a oscuras. Con la mano, además, señaló un punto en la casa de la expedición que miraba hacia ellos. Agatha vio la figura y comprendió.

Katharine Woolley requería su cuota de atención.

Al emprender el regreso, recordó por qué había sentido todo el tiempo una extraña sensación de rechazo a ese segundo viaje a Ur. El primero había sido amor a primera vista. Este segundo le planteaba dudas. Sus anfitriones eran tan especiales. Amables, con certeza, pero también demandantes. Querían atención todo el tiempo. Agatha era una mujer agradecida y gustaba de celebrar a amigos pero los Woolley tenían esa relación tensa, extraña, que a veces podía agotarla. Katharine quería una cosa, y Leonard se la conseguía pero como un favor, como si fuera algo que se sumaba a una lista de almacén. A Agatha le gustaba definir a Katharine como una *allumeuse*, una mujer que atraía a los hombres, y que no aceptaba competencia. Ni tan siquiera de la famosa escritora de misterio que se alojaba en la casa de la expedición. "*Allu-meuse*, *allu-meuse*, *dormez-vous*?" canturreó en su cabeza Agatha mientras bajaba los escalones sostenida por Hamoudi.

Pero Ur y la aventura la llamaban. Valía la pena acostumbrarse al carácter de los Woolley si podía ver un atardecer como el que había presenciado. Era un pequeño sacrificio para poder disfrutar de toda esa belleza.

El viento se hizo cada vez más intenso y se llenó de arena. Tenían que apurarse si querían llegar a la casa de la excavación sin lastimarse. Un tropiezo con una de las piedras hizo que Mallowan también se acercara para sostenerla. Le gustó sentir la mano cálida del joven en la suya.

Cuando llegaron a la puerta de la casa, Katharine gritó con dramatismo:

—¡Agatha querida, estás llena de arena! ¿Cómo pudiste, Leonard? ¡Sabías que está viniendo una tormenta de arena!

—¡Era nuestra única oportunidad de ver el horizonte! —gritó Leonard a modo de disculpas mientras se sacudía la ropa.

El viento ya arrastraba grandes cantidades de tierra y estaba tronando como si fuese una tormenta real.

—Mira tu estado, pobre Agatha —dijo Katharine después de abrazarla—. Ve a cambiarte, querida, y luego cenaremos. Mientras tanto voy a retar a Leonard por ser tan mal anfitrión.

Agatha aceptó la orden de Katharine con alivio. Fue a su cuarto, guiada por Hamoudi. Cuando cerró la puerta sintió que el cuerpo se le deshacía como se disolvían los escalones en el viento. De inmediato se sintió mal por ella misma.

Lástima, era quizá la palabra apropiada. Esa misma sensación que experimentaba y con la que tenía que batallar cada día para no entristecerse del todo, no sucumbir a la depresión. Con los ojos cerrados y una mano en el pecho, se tranquilizó. Estaba en Oriente para vivir una aventura, no para sentir tristeza.

Abrió los ojos y observó la habitación que los Woolley le habían preparado en Ur. Era consciente del honor que suponía ser recibida en una excavación, sobre todo una liderada por Len Woolley, y más aún, una presidida por la bella Katharine.

A la bella Katharine la vida le sonreía y a la pobre Agatha, la vida la miraba con desprecio.

Sacudió la cabeza, recordándose lo que había escuchado en Londres sobre ella. La historia de su primer marido le había llegado desde cinco lugares diferentes. Todos con cuidado, claro, para no herir los sentimientos de Agatha —siempre hacían una pausa para ver qué efecto producía la historia—. Pero luego, le contaban la trágica historia de la bella Katharine Keeling y del suicidio de su primer marido en las pirámides de Egipto, sus problemas de salud y su matrimonio con Leonard Woolley.

Se sacó el vestido y lo dejó sobre la cama. Miró de reojo su reflejo en el espejo. Ya no era lo que había sido. Tenía las medias cubiertas de arena y la enagua completamente arrugada. Había estado enferma antes de partir, así que había perdido algo de peso, pero ya no era la esbelta muchacha de los quince años.

Como muchos, extrañaba los días antes de la guerra, cuando las cosas eran más sencillas, más victorianas. De nuevo la batalla. Con una sonrisa, su conciencia le explicaba que antes de la guerra ella había estado en otro tiempo y en otro lugar, pero con la persona incorrecta, con alguien que la había lastimado.

Algo muy parecido a un trueno le paró el corazón. Se quedó esperando, sintiendo sus latidos, como si hubiese resucitado. Enseguida, Agatha revolvió en su bolso de viaje hasta encontrar lo que buscaba: una de sus tantas libretitas de anotar ideas.

Un trueno en el desierto.

¿Un enigma para Poirot?

¿Un disparo en la noche confundido con un trueno?

Quiso asomarse por la ventana pero recordó lo peligrosas que eran las ventanas abiertas en el desierto, sobre todo durante una tormenta de arena.

Se sacó las medias. Buscó, descalza y en enaguas, algún vestido que pareciera de noche y que disimulara el cansancio que sentía. Era poco probable que también lograra disimular las pocas ganas que tenía de estar con los demás. Tan exhausta estaba que se tropezó con uno de los hierros de la cama. Hizo fuerza para no llorar, pero tuvo que tirarse sobre el colchón y esperar a que el dolor pasara.

¿Qué estaría haciendo Katharine? Seguramente acomodando su cabello para la cena. La imaginó con un vestido de seda que revelara su delgadez. Y unas joyas extravagantes de oro y lapislázuli a un lado, en la mesita de noche, mientras sus ojos azules y penetrantes lo contemplaban todo con satisfacción. Katharine la bella seguramente reposaría en su cama, cubierta por su enagua de seda, yaciendo lánguidamente como protagonista de una novela de amor.

Agatha suspiró y supo que esa noche no dormiría bien. Batallaba contra sí misma y, sabía bien, era la peor de las batallas. Se apoyó la mano en el pecho y trató de respirar como el doctor le había enseñado. Cada vez que intentaba hacer eso recordaba a los soldados de la guerra que había cuidado. "Todo va a estar bien" le habían enseñado a decir. Y no era cierto. Quizá el soldado moriría a las dos horas o minutos después de decirle esa mentira.

"Todo va a estar bien", se dijo con la mano en el pecho.

Es solo una aventura.

Un paseo por el Oriente, una fugitiva que busca un escondite entre las arenas del desierto.

Solo una señora que quiere conocer un poco más de las antiguas civilizaciones.

Un descanso.

Un corazón acelerado.

Unos ojos amables y una mano que sostenía un sombrero.

No importaba Katharine ni el pasado, ni nadie más. Solo ella, su hija Rosalind, su hermana y su familia. Los seres queridos que la esperaban en Inglaterra para que ella les contara aventuras.

"Todo va a estar bien", se dijo una vez más.

Aunque fuera mentira.

4

La reina Shub-ad

¿Envidiaba más a Katharine o a esas jovencitas de cabellos cortos, vestidos lánguidos y labios rojos rebosantes de *joie de vivre* que describía en sus novelas?

"Agatha, Agatha" se dijo frente al espejo, "deja ya de sentir lástima por ti, como si fueses una miserable pordiosera. Sé lo que eres, una viajera por Oriente, y saca a relucir tu sorpresa por todo".

Se rio de sus propios retos.

Su Nursie la había retado igual treinta y cinco años atrás, preocupada por ver que la pequeña Agatha Miller hablaba con sus amigos inventados. Ya no era Agatha Miller y podía hablar con cualquier persona sin necesidad de inventarla.

Agatha se rascó la frente y dejó inmediatamente de hacerlo. Era probable que terminara haciéndose un hueco entre los ojos de tanto rascarse. Afuera, la tormenta de arena reinaba sobre el desierto desde hacía tres días. No podía hacerse nada más que escuchar la arena chocar contra las puertas y ventanas de la casa de la expedición.

Sentada sobre la cama, esperaba que la llamaran para cenar. Se oían ruidos que se mezclaban con el aullido del viento lleno de arena. Escuchó la voz de Hamoudi, hablando en árabe, y reconoció la de Mallowan un poco más débil, como si estuviera dentro de su habitación.

Había conocido a Hamoudi en su visita del año anterior y le había encantado. De hecho, era lo más interesante de todo el conjunto que componía el elenco estable de la excavación de la antigua ciudad de Ur. Hamoudi no hablaba con ella ni le decía cosas amables, rara vez intercambiaban palabras. Era su total comprensión de ese pequeño universo de arena y seres humanos anclado en el sur de Irak lo que lo hacía un hombre imprescindible.

Sheikh Hamoudi ibn Ibrahim era el capataz de los Woolley y justo lo que la expedición necesitaba: uno de esos hombres que componen los mitos del desierto. Sabía que Hamoudi y Leonard se habían conocido antes de la guerra cuando Leonard había empezado a trabajar en la antigua ciudad de Carquemish. Hamoudi cumplía la misma función que en Ur: gritar en árabe a los trabajadores.

Entre las grandes hazañas de Hamoudi estaba la de haber salvado la vida al famoso Lawrence de Arabia y haberle permitido participar después de los pormenores de la construcción del estado de Irak. Leonard lo contaba en cada reunión importante. Le llamaba mucho la atención a Agatha que todavía no le hubiesen repetido la historia de cómo su capataz había salvado a Lawrence de la fiebre tifoidea.

Pero Hamoudi, Agatha lo había visto, había cumplido con una hazaña superior. Cada final de temporada, la expedición tomaba una foto: los miembros de la expedición, los choferes, los guardias, el cocinero, los obreros, e incluso los gatos necesarios para ahuyentar ratas, todos estaban allí. Katharine era muy cuidadosa con la ubicación de los miembros de la expedición. Hamoudi siempre ocupaba la misma línea que los miembros occidentales de la excavación. Agatha se sorprendió mucho cuando vio ese detalle en las fotos y le agradó. No era una delicadeza de Katharine sino una hazaña de Hamoudi. Detrás de ese rostro delgado y marcado por el sol, Hamoudi era uno de esos hombres que valía la pena conocer en un escenario extraordinario.

De hecho era tan buen escenario para una novela que Agatha no comprendía cómo es que todavía no lo había anotado en sus cuadernos. Un arqueólogo y su mujer, un filólogo, un joven arqueólogo, una dama de gran importancia y su joven damita de compañía, y, por supuesto, casualmente, vagando por el desierto sobre un camello, monsieur Poirot. Pero aún no había una historia allí y ella tenía suficiente experiencia como para saber esperarla.

Mientras tanto se miraba resignada al espejo, otra vez batallando contra ella misma. El espejo le devolvía la imagen de una mujer divorciada. Y tuvo que llevarse la mano a la frente para dejar de sentir la palabra "divorciada" marcada a fuego.

Además de una mujer divorciada veía a una mujer madura. Se preguntaba cómo hacía Katharine para lucir joven cuando tenía cuarenta y dos años, tres más que ella. Katharine lucía como una mujer joven, llena de energía. Ella lucía como... una señora. Como su madre cuando ella era pequeña, como la tía abuelita Margaret, que le contaba cuentos, como su niñera Nursie, como todas las señoras de su infancia.

Cerró los ojos para dejar de verse y recordar que alguna vez había sido joven y bonita y había recibido muchas propuestas de matrimonio que había rechazado. El maravilloso embrujo de tener el poder de enamorar a alguien y rechazarlo. O el mareo de enamorar y evadir y volver a enamorar hasta que él te detiene y...

"Basta, Agatha".

Abrió los ojos. El espejo le devolvió a otra, a Agatha Christie, la escritora admirada por todos. De cabellos rubios y cortos, ondulados gracias a tenacillas calientes, y unos ojos azules que continuaban despertando admiración. Se había puesto unos aros y un collar que la hacían sentir elegante y un vestido color malva con motivos geométricos que había encontrado apropiado para el viaje. El malva era su color favorito. Extendió los brazos para admirar su figura y recordó los elogios que había recibido ese vestido en el hotel de Bagdad. Se sintió mejor con ella misma, como si pudiera vislumbrar otra mujer que no estaba oscurecida por la sombra del pasado.

Miró de nuevo la hora. Nadie había venido a buscarla. Se puso de pie y pasó frente al espejo haciendo una reverencia, como cuando era niña. Odiaba sentirse tan deprimida. Ya eran raros esos episodios de tristeza tan profunda pero la tormenta de arena le había traído ese abatimiento horrendo que le hacía mirarse al espejo y verse vieja, gorda y muy, muy fea. Quiso salir y perderse en la tormenta de arena y que la tragase como una gran boca que cerrara por fin el destino de su vida.

"Gracias a Dios", dijo alzando las manos al cielo. Unos golpes en la puerta. Alguien la salvaba de su propio melodrama.

Se puso de pie, se alisó la falda del vestido y abrió.

No era Hamoudi el salvador. Era Mallowan, el joven y silencioso arqueólogo que la había buscado en la estación de trenes.

—Katharine anuncia que la cena ya está lista.

La incomodidad del joven se reflejaba en sus cejas alzadas, como si no supiera bien qué hacía allí. Agatha se sintió un poco mejor. No era la única que se sentía fuera de lugar. Le sonrió amablemente, agradeciendo el anuncio. El muchacho era de su altura y muy delgado. Tenía unos ojos vivaces y oscuros que inspeccionaban todo. Ella cerró la puerta y él la miró con atención, como si la estudiara. Agatha recordó cuánto se divertía Archie burlándose de las mujeres mayores y se sintió muy incómoda. Quizá Mallowan se reía de ella con Whitburn, solo porque era una señora y no era atractiva.

—Micénicos —dijo Mallowan mientras caminaba hacia el comedor.

—¿Perdón? —dijo ella deteniéndose.

Max se volvió. Tenía una sonrisa en la boca pero no era una expresión de burla, sino de legítimo interés. Alzó el dedo índice para señalar el borde de su vestido.

—El diseño. Son patrones griegos. Muy interesantes.

—¿De veras? —preguntó ella sorprendida.

—Por supuesto —dijo él y se dio la vuelta para seguir su camino.

Al llegar al comedor, encontraron al padre Burrows y a Whitburn hablando de los descubrimientos. Notó que Whitburn asentía distraído y el padre Burrows hablaba sin parar sobre una traducción que había hecho durante la tarde. Los dos hombres no se separaron al verlos, de modo que Agatha y Max quedaron de pie, mirándose. La expresión incómoda de Max había desaparecido. No parecía un hombre desagradable, al contrario. Habían hablado poco en esos tres días pero había podido ver que era un hombre amable, quizá un poco tranquilo para ser tan joven. ¿O sería que ya los jóvenes de veinticinco años no eran alocados? Agatha no quiso creer en eso. Eligió pensar que la tranquilidad era una de las virtudes de Mallowan y eso le gustó mucho.

De pronto, se sintió una tensión en el aire del comedor.

La responsable de la tensión apareció con un vestido de seda rosa flotando sobre su cuerpo delgado. Agatha la admiró. Katharine podía lucir como toda una exploradora en pantalones cortos y medias largas o como una mujer fatal cubierta de seda. Agatha era siempre Agatha. Lucía como Agatha en vestidos de seda y seguramente luciría como Agatha en pantalones y medias de exploradora, si es que alguna vez ocurría el milagro de que se vistiera así.

Leonard apareció con el ceño fruncido. Pero no era un hombre malhumorado y enseguida le sonrió.

—Qué bellos diseños griegos, Agatha. Seguramente a Max le gustaron.

Ella rio y se volvió hacia Mallowan que la miraba con ojos atentos y divertidos.

—Sí, algo mencionó pero no supe si sentirme bien o si me estaba reprochando algo —contestó Agatha en un tono ligero que le gustó. Sentirse liviana era una sensación que no la envolvía con frecuencia.

—Estoy a favor de la cultura griega —dijo enseguida Mallowan—. Una de mis favoritas.

—Ah, sí sabía que la conversación iba a girar en torno a la antigua Grecia me ponía mi traje especial —murmuró Katharine, como una gata celosa—. Pero, como no es así, nos sentaremos a comer y a contar historias sobre la antigua Sumeria. ¿Estás de acuerdo, querida Agatha?

—Por supuesto que sí —respondió Agatha.

La cena fue incómoda. La comida era terrible, como todas las comidas en ese lugar del mundo. El cordero estaba grasoso y las legumbres duras. Nadie parecía notarlo pero Agatha tenía un paladar exigente y estaba sufriendo mucho por no tener una comida apropiada.

Peor todavía era la escena que se desarrollaba a su alrededor. Mallowan, Whitburn y Burrows solo le prestaban atención a Katharine. Desde ofrecerle el salero hasta servirle agua, cada pedido suyo era respondido con velocidad. A veces llegaban al punto de entregarle cosas que ella no había pedido y volvérselas a ofrecer luego de ser rechazadas. Woolley, al margen de todo, se encargaba de entretener a Agatha con los detalles finales de la excavación, pero los otros cuatro la aturdían con esa obra de teatro ridícula que llevaban adelante.

Fue un alivio cuando la cena llegó a su fin y pasaron a la salita de estar. Le habían prometido contarle una historia y Agatha siempre estaba de buen humor para las historias.

Leonard Woolley tenía una voz profunda, ideal para ello y disfrutaba de ser el centro de atención. El viento y la arena golpeaban las puertas, ventanas y paredes de la casa con un zumbido que creaba una atmósfera deliciosa. Los hombres y Katharine tomaban coñac y Hamoudi le había preparado a Agatha ese té caliente y fuerte que había aprendido a amar y a asociar con el desierto.

Katharine escuchaba recostada contra su silla. El vestido de gasa se movía apenas gracias a los resoplidos de viento que llegaban desde las rendijas de las ventanas. Era bella porque sabía que era bella. No había un mínimo de duda en su persona. Agatha, en cambio, se sentía atravesada por olas de dudas e inseguridades que iban y venían por su cuerpo. Katharine era solo una tabla que flotaba en el agua, a la deriva, relajada en su belleza. La admiraba, por supuesto, por esa fascinación que provocaba en los hombres. En algún momento, ella había sabido lo que era fascinar a alguien. Pero ya no.

—Me apena mucho que este año no hayamos descubierto ninguna tumba como la de Shub-ad —dijo Woolley. El arpa del buey es magnífica y el Museo estará contento. Pero este año no hubo tumbas interesantes como la de nuestra reina. Y el Ministerio de Asuntos Exteriores no hace otra cosa que respirarme sobre la nuca.

—¿Tanto así? —preguntó Agatha sorprendida—. Debe ser espantoso. Me lo imagino.

—Envían a sus dependientes a vigilarme.

—¡Qué descarados! —protestó Agatha.

—Es por seguridad. No quieren que desaparezca nada.

—Pero si eres un caballero. Jamás desaparecería nada.

—Pero en el camino las cosas pueden perderse. Las antigüedades son muy preciadas y se cotizan, sobre todo las de oro. Solo disfrutaba cuando enviaban a Gertrude Bell.

—Ah, la querida Gertrude —dijo Katharine con el tono más falso que Agatha había escuchado en su vida—. Siempre era un placer estar con ella.

Le habían hablado muchas veces de Gertrude Bell: era una verdadera leyenda en Irak y en Gran Bretaña. Aventurera y espía para la corona británica, había ayudado, junto con Lawrence, a la formación del estado de Irak bajo el mando del rey Faysal. En esos días, Bell era la directora del Museo de Bagdad y controlaba los tesoros que las expediciones arqueológicas iban encontrando en el país. Lo había sido hasta su muerte en 1926. Todo el mundo la admiraba y la recordaba como parte fundamental del Irak que conocían. Menos Katharine, claro, que seguramente sentía que la extraordinaria mujer le robaba alguna forma de protagonismo.

—Yo también soy exigente —dijo Katharine como una niña que envidiaba la muñeca nueva de su amiga.

Leonard asintió, como si quisiera calmarla, y continuó hablándole a Agatha.

—Me pregunto, ¿no habrá otra como la bellísima Shub-ad?

—¿Era bella? —preguntó Agatha sonriéndole.

No importaba si afuera estaba la tormenta o adentro estaba Katharine. Leonard era uno de esos hombres que valía la pena y que su fama como escritora le estaba permitiendo conocer.

—No lo sabemos. Solo tenemos su esqueleto y las joyas con las que fue enterrada. Una *eresh*, una reina.

—O sacerdotisa —agregó Burrows—. Se puede traducir de las dos maneras.

"Hombre molesto", pensó Agatha. "Arruinas mi historia con tu precisión. Es nuestra reina, no tu sacerdotisa".

—Tan importante… —interrumpió Katharine elevando el tono de voz—, tan importante que su nombre no está asociado ni al de su padre ni al de su marido.

—Su tumba es la más importante que hemos encontrado hasta ahora —dijo Leonard—. Nunca he visto algo tan bello. El tocado de oro y lapislázuli, ¡la magnificencia de ese arreglo, Agatha! Está formado por una especie de peineta de flores de oro y nácar que se ubicaba entre los cabellos. Puestas en su cabeza, las flores debieron flotar sobre la reina. ¿Te la imaginas? Era una mujer importante, sí. Una mujer única. Junto a ella murieron otras jóvenes y sirvientes. Las mujeres llevaban coronas hechas de lazos de oro. ¿Comprendes lo que digo Agatha? No hace falta un detective para comprender el misterio. Las muchachas fueron sacrificadas a los dioses como ofrenda. Esa clase de mujer era Shub-ad. La que obliga a los hombres a hacer sacrificios. Entre las jóvenes, encontramos a una que tenía un rollo de cintas de oro en una de sus manos. La joven había llegado tarde al ritual y no había logrado colocarse el tocado. Y aun así debió tomar su bebida mortal. Envenenada como en tus novelas, querida Agatha.

—Magnífica historia —le respondió ella en un susurro.

—¿Podría haber sido un crimen? —preguntó Whitburn.

—Leonard dice que no —dijo Agatha fascinada por el zumbido del viento y la emoción de la historia.

—¿No cree que hay algo de eso? —insistió Whitburn—. Un misterio, una corona en una mano. Una cinta de oro. Y alguien que disimula un crimen. En medio de tanta muerte nadie se atrevería a preguntar.

—Quizá fue obligada —murmuró Mallowan con voz grave—. No todos están dispuestos a sacrificarse en nombre del dios Nanna.

—Un sacrificio inútil —afirmó el padre Burrows.

Agatha se distrajo con la voz repelente de Burrows. De haber sido esa una novela, habría eliminado al personaje Burrows por molesto.

—Por lo que he aprendido —dijo Katharine risueña mirando a Whitburn—, los hombres siempre buscan algo porqué pelearse. Y como lo sé, siempre espero que sea por mí.

—Una batalla perdida —dijo Woolley con voz cansada.

—Nada mejor para un hombre que una batalla perdida —dijo Whitburn. A Agatha le llamó la atención la galantería del joven. Kathtarine se rio pero hizo un gesto que le restaba importancia a la frase. O al menos eso quiso hacer.

—Estoy determinada a que Hércules Poirot conozca a Shub-ad —dijo Katharine después con un tono encantador.

—¿Y cómo lograremos eso, mi querida? —preguntó Leonard.

—¿Nosotros? Nosotros no tenemos que hacer nada. Será la señora Christie, aquí presente. Ahora por favor, continúa con tu historia.

Agatha separó los pies. Recordó a su madre, respiró lentamente para que pasara el pinchazo que le provocaba su recuerdo, y volvió a acomodarlos como le habían enseñado de pequeña, uno junto a otro y las rodillas pegadas.

Woolley había vuelto a su voz grave y enamorada.

—¿Quién fue la reina Shub-ad? ¿Te la imaginas? A la mujer, digo. Era pequeñita pero me la imagino poderosa, contemplando el zigurat por las mañanas, quizá en una noche intranquila y de luna, llamaría a una sierva y se haría acompañar para rezar al dios de la luna, Nanna. Su diadema de oro y lapislázuli brillando bajo las estrellas. Sus ojos pintados de negro. Encontramos enseres de maquillaje, tal como tú y las demás mujeres tienen polvos para la cara. Ella usaba kohl negro para los ojos, debió verse bellísima. Su diadema de oro, llena de estrellas y su collar de cuentas azules. Una magnífica reina con una magnífica historia.

—Te escucho y pienso que quizá yo debería escribir la historia de Shub-ad —dijo Katharine—. ¿Quién la conoce mejor que yo, después de todo? Tuve su rostro entre mis manos. Sus propios huesos. ¿Has tenido en tus manos los huesos de Poirot, querida Agatha? Pero dime algo: ¿conseguiste el periódico donde estaba la reproducción de la cabeza?

—Lamentablemente, no.

—¡Qué pena! Y cuando volvamos a Londres pediré que te hagan una copia de la fotografía. En este momento la diadema está en la Universidad de Pennsylvania. Muchos han admirado la cabeza. Creo que es uno de mis mejores trabajos como dibujante y escultora de la expedición.

—Es el mejor, sin dudas —dijo Whitburn.

—Qué bueno debe ser tener al señor Whitburn siempre de tu parte —dijo Agatha riendo—. Debe ser muy útil en las discusiones.

—Whitburn es un querido amigo —dijo Katharine de nuevo en ese tono que buscaba restar importancia a una frase. Agatha asintió, como si realmente creyera en el tono. No era una niña. Whitburn y Katharine coqueteaban abiertamente y hacían de cuenta que nada pasaba. Miró a Leonard preguntándose qué clase de hombre era realmente y por qué se había unido a ella.

Katharine se acomodó como una gata en su silla y continuó hablando:

—No te comenté nada sobre mi novela, Agatha querida. *La aventura llama* no tuvo la repercusión que esperaba.

—Pero Leonard dijo que recibió muy buenas críticas en Estados Unidos.

—Sí, pero no alcanzó. No puedo negar que estoy decepcionada. Seguramente si viviera en Estados Unidos podría ir a decirle a mis editores cómo se debe editar una novela. Pero mis obligaciones en Ur me lo impiden. ¿Cómo pudiste tratar con la gente de William Collins sin perder la calma?

—Por suerte no tengo que hacerlo —dijo Agatha—. Edmund se encarga de todo. No sé qué haría sin él. Ha sido de gran ayuda en épocas complicadas.

—Quizá yo deba consultar con Edmund —murmuró Katharine—. ¿Qué piensas, Len? Seguramente Edmund tendrá alguna recomendación sobre mi novela. Quisiera publicarla en Londres. Los ingleses aprecian mejor la literatura que los americanos.

—Seguramente —dijo Leonard.

Agatha permaneció callada.

—Es una pena que el público no pueda entender una obra de ese estilo. Pero claro, tú también eres escritora, Agatha, y me entiendes, ¿verdad?

Katharine hablaba apesadumbrada y Agatha asentía como si le diera la razón.

—Es muy pronto para hablar de éxito o fracaso —dijo Agatha con voz firme—. Menos de un año es poco tiempo cuando se trata de una novela.

—¿Cuánto crees que deba esperar?

Agatha alzó levemente las cejas y se acomodó en su silla con una mano apoyada en el mentón.

—No podría decírtelo, realmente. No creo que nadie haya encontrado el secreto para el éxito.

—Tus novelas siempre tienen éxito —murmuró Katharine con ese tono de niña. Agatha no se dejó llevar por la competencia.

—Que mis libros tengan éxito no significa que conozca el secreto. Mis novelas están tan a merced del público como *La aventura llama*. Incluso del público americano. A veces me pregunto: ¿seré lo suficientemente moderna para el público de hoy? Ser criada como una victoriana tiene sus desventajas.

—¿Quieres decir que no soy moderna? Yo me creo muy moderna. ¿Qué piensa, Whitburn?

—Que es una de las mujeres más modernas que conozco.

—¿Mallowan?

—Nadie pondría en duda tu modernidad, Katharine —dijo Mallowan con un desgano que le hizo dibujar una sonrisa malévola. No todos adoraban a la bella Katharine.

—¿Ven? —siguió ella en su propio mundo—. Yo también estoy de acuerdo. Fui criada por victorianos pero mi modernidad es absoluta. Vivir en Oriente ya me hace una mujer moderna, ¿no crees, Agatha?

Agatha asintió pero no dijo nada. Sintió la mirada del resto de los hombres sobre ella y fue consciente, por primera vez en el tiempo que llevaba en Ur, de que había solo dos mujeres en ese lugar remoto del mundo. Y por más que gritaran que eran modernas, nadie podía escucharlas.

—Hay algo que sí sé —dijo con el corazón latiendo muy fuerte—. A veces uno no puede escribir lo que quiere escribir. Apenas puede darle forma a lo que siente. Incluso si en la mente aparece bien pensado. Pero entre la mente y el papel hay un largo camino. Y hay algo que se pierde. Y eso solo puede ser reconstruido por el lector. Como si fuese una reacción química en la que se necesitan dos elementos para hacer combustión. Las palabras en el papel solo son manchas de tinta si no son leídas. Como las tablillas del padre Burrows, solo tienen sentido porque él puede leerlas.

—Una combustión de cuatro mil años —murmuró Leonard comprendiendo perfectamente lo que ella decía.

—Así es —susurró Agatha complacida.

Katharine se movió molesta en su silla.

—Bien. Luego me darás la dirección de Edmund para hablarle por teléfono.

—Como digas. Está ocupado con otros autores de misterio…

—¡Pero seguramente me atenderá a mí! Y hasta quizá se interese en publicar un libro de Leonard. Oh, Leonard, debes hacerlo. Un libro sobre Ur, lo más pronto posible.

—Me temo que Ur y "lo más pronto posible" no se llevan de la mano —dijo Leonard—. Pero, claro, sería increíble publicar un libro sobre Ur, ¿qué más quisiera yo? Me han invitado a dar unas conferencias. Pero aún no sé de qué hablar...

—Sobre las historias de Ur, su gente —sugirió Agatha queriendo volver a las historias antiguas como cuando era niña y le pedía a su madre que le repitiera el cuento. Leonard era más generoso que su madre, él sí contaba las historias varias veces.

—¿Piensas que serían buen material?

—Pienso que cualquier material es bueno en las manos de un gran narrador, Len.

—¿Así que cualquier material? ¿Incluso unos arqueólogos atrapados en una tormenta de arena? —preguntó con brusquedad Burrows.

—Ese es un excelente material para una autora de misterio —dijo Agatha sonriendo a su pesar.

—Eso es interesante —dijo Mallowan—. ¿Y quién sería el asesino?

Agatha sostuvo la mirada del joven por un momento. Le pareció que había un desafío producto del aburrimiento y el encierro con gente con la que no quería estar. Dudó en contestar, pero como se sentía bien después de varios días, redobló la apuesta:

—Más importante, señor Mallowan: ¿Quién es la víctima?

Todos callaron.

—No se molesten en pensar —dijo Agatha—. Por supuesto que sería Katharine.

—¡Agatha! —dijo ella riendo nerviosa—.¡Claro que no!

—Por supuesto que sí, te encantaría el papel. No se hablaría de otra cosa en toda la novela que de tu persona.

—¡Oh, Agatha, eso es cruel! Pero no me molesta —le respondió arreglándose el vestido como si se dispusiera a morir en ese mismo momento.

No, Agatha no se equivocaba. Si había alguien a quien le gustaba ser la víctima, esa era Katharine Woolley. El centro de atención de la novela, la obsesión del investigador, el lugar de Katharine era, sin dudas, el de víctima.

—¿Y quién osaría asesinarme? ¿Y cómo?

—Envenenamiento —dijo ella con seguridad—. Suele ser un método femenino y aquí solo hay otra mujer. Lo que me convierte de inmediato en la primera sospechosa. Pero yo jamás podría matarte, Katharine. No es mi estilo de venganza. Y además, no estaba en el campamento cuando encontraron tu cuerpo en la habitación. Entonces, solo nos quedan los hombres. Un hombre con un motivo.

—Amor, por supuesto —dijo Katharine mirando coqueta a todos los hombres que la rodeaban.

—Oh, no. Esa sería la primera impresión, claro. Pero no. ¿Por qué no un robo? Aquí hay tantos tesoros. ¿El marido quizá? ¿El joven arqueólogo? ¿El epigrafista? ¿El capataz?

—Hamoudi jamás me mataría —dijo Katharine muy seria y Agatha sabía que era verdad.

—Eso ya aleja dos sospechosos y va aumentando el misterio —continuó—. Nos queda el marido, el epigrafista, el arquitecto y el joven arqueólogo.

—Yo había ido a buscar a la famosa escritora con Hamoudi —dijo Mallowan divertido—. Imposible que seamos nosotros.

Agatha vio la breve mirada que le dirigió Katharine a Mallowan. Era de advertencia, que no se pasara de la raya o podía tener consecuencias inesperadas. Ella incluso sabía que jugar con una gata como Katharine era peligroso. Pero era una viajera en Oriente, estaba viviendo aventuras y se dejó llevar.

—Al parecer el epigrafista estaba encerrado en su habitación cuando el crimen sucedió. Pero el marido y el arquitecto no tienen forma de probar dónde estuvieron. ¿El arquitecto era el amante?

—¡Agatha! —rieron todos.

Ella inclinó la cabeza como disculpándose por la broma.

—Oh, no, ¡no tenemos culpable! —dijo Agatha como si lo lamentara—. El enviado del gobierno no puede llegar a la resolución. Pero, justo cuando parece que no hay esperanzas, aparece alguien que nos explica lo que no podemos ver: Hércules Poirot.

—¡*Monsieur* Poirot! —exclamó Katharine como una niña.

—¡Claro que sí! Verá, *madame* —dijo Agatha adoptando la voz que en su imaginario tenía Hércules Poirot y poniéndose las manos sobre la cabeza para simular la forma de un huevo—. Verá, el secreto de un buen novelista de suspenso no está en el crimen sino en engañar al lector. *Oui*. El veneno, madame, es un arma femenina. Y solo pudo haber sido usado por la única otra mujer del campamento.

—¡Pero si Agatha no estaba en la expedición cuando morí! —rió nerviosa Katharine.

—Claro que no, *madame* Woolley. Pero *madame* Christie es una extraordinaria conocedora de venenos y si su amado esposo revisara su correspondencia, con guantes por favor, monsieur Woolley, encontraría la razón. En las cartas hay unas hojas de laurel que su amiga le envió para sus malestares estomacales. Pero yo no me dejo engañar, ah no. En realidad son de adelfa, una de las plantas más venenosas del mundo y conocida por ser muy similar al laurel. La pobre Katharine se hizo un té de adelfa pensando que era de laurel y encontró la muerte. *Madame* Agatha Christie, reina del misterio, no pudo con sus celos de escritora y asesinó a la autora de *La aventura llama*. *Et voilá*, Hércules Poirot ha resuelto otro crimen.

El grupo aplaudió y vitoreó el triunfo del detective. Agatha se dio cuenta de que detrás de la sonrisa y los aplausos de Katharine había un ánimo de venganza. La había matado delante de todos, se había divertido a su costa y ella no lo dejaría pasar.

La venganza llegó después de otra ronda de coñac para todos y té para Hamoudi y Agatha. Katharine se puso de pie y se acercó hasta ella.

—Se me ocurrió una gran idea, Agatha. Max, ven aquí.

Tomó al joven de la mano y lo llevó hasta ella. Agatha se sintió en peligro. La mirada de Mallowan era de sorpresa y seguramente la suya expresaba lo mismo.

—Ya que estamos perdiendo estos días tan preciosos por culpa de la tormenta de arena, se me ocurrió que Agatha recorra las ruinas con un guía apropiado mientras nosotros preparamos el resto del viaje en Bagdad. Max va a llevarte, no queremos que encuentres hombres de fusiles y forajidos... —Agatha dio un paso hacia atrás—. Oh, Agatha no te asustes, es solo un chiste. Max conoce los caminos seguros y van a ir acompañados por un chofer. Debes visitar Nayaf y Kerbala. Nayaf es la ciudad musulmana de los muertos y Kerbala... es imperativo que visites la mezquita de Kerbala.

—No creo que sea la mejor idea, Katharine —dijo Agatha con pena—. Seguramente Mallowan desea descansar después de tanto trabajo y ver a sus amigos en Bagdad. No quiero molestarlo. ¿Por qué no el señor Whitburn? Creo que estaremos mejor...

—¿Whitburn? —dijo en voz alta Katharine.

Todos lo miraron.

El arquitecto les sonrió y saludó desde lejos.

—No, Whitburn, no —dijo Katharine—. Max es el indicado. Él es el que hace todo bien. Max estará encantado de ir, ¿no es cierto?

—Claro que sí. No me molesta en lo más mínimo —dijo Mallowan con expresión seria—. Al contrario, será un honor ser el guía de la señora Christie.

Agatha se sintió como una tonta por ruborizarse. La broma a Katharine le había costado una suma considerable. Tenía que viajar una semana con un joven amable pero molesto por estar obligado a hacer de niñera de una mujer madura en el medio del desierto.

—No se diga más, entonces. Los esperaremos en Bagdad. Tendrán un viaje maravilloso.

5

La ciudad del dios del viento

—¿Señora Christie?

—En un minuto, señor Hamoudi.

Agatha respiró mirando al espejo. Tenía las palmas de la mano pegadas a la cama. Sentía toda clase de molestias en el cuerpo por tener que viajar con Mallowan. La ansiedad le hacía latir el corazón y le sudaban las manos. El plan de Katharine seguía en pie. Ninguno de los dos había podido decir que no, porque ¿quién le decía "no" a la reina de Ur? Pero era tan inconveniente para los dos, tan fuera de lugar, que solo podía provenir de un capricho y de una mujer como Katharine.

Agatha se sonrió al espejo. Seguía batallando con ella misma. Después de cinco días la tormenta de arena había cedido. Y estaba tan harta de Katharine que un viaje por el desierto no le iba a hacer mal. Sería la única mujer en varias millas a la redonda y su espíritu y vanidad se verían reconfortados por un tiempo. Tendría la atención de un hombre joven y amable, vería cosas bellas… el plan no era tan terrible.

Le había preguntado a Whitburn, en privado, qué pensaba del proyecto y el hombre le había dicho que no se preocupara. Max podía parecer serio e incómodo pero sabía mucho de la región y haría el viaje muy placentero.

—¿Y nadie verá mal que una mujer viaje con un hombre?

—Es que no habrá nadie para opinar, Agatha.

—Supongo que mi opinión no cuenta, ¿verdad, Whitburn?

—Me temo, Agatha, que ya no es su decisión. Pero si me preguntaran a mí: Kerbala, Nayaf y Nippur son lugares que deben ser vistos alguna vez en la vida. Max Mallowan es el apropiado para darle los detalles y usted, la más indicada para apreciarlos. De hecho son una buena pareja. Katharine debió verlo: es un viaje que usted disfrutará mucho. No veo por qué negarse.

Había ido a pedir ayuda al hombre equivocado.

El padre Burrows no había protestado de ninguna manera. O no le importaba o no le parecía mal que Agatha viajara a solas por el desierto con un joven quince años menor a quien había conocido seis días atrás y de quien no sabía nada. La voluntad de Katharine era soberana.

Se acomodó la blusa y el sombrero pero movió la cabeza convencida de que cualquier arreglo no iba a satisfacerla. Se miró los tobillos y las medias por debajo de la falda, corroborando que la hebilla del zapato no se hubiese enganchado a la media. No quería vagar por el desierto iraquí con las medias corridas.

Abrió la puerta al segundo llamado de Hamoudi. Apenas intercambiaba palabra con el hombre pero se sentía su amiga. Tenía una mirada amable y las manos dispuestas siempre a rescatarla de cualquier torpeza que pudiera llevar a cabo. Era la clase de hombre en la que uno podía confiar naturalmente. Uno de esos "perros fieles" que solía apreciar con Carlo, su secretaria.

Se despidió de él al subir al auto sin saber si iba a volver a verlo en un futuro cercano. Hamoudi no viajaba a Bagdad con sus jefes. Se iba a Yarábulus, la ciudad de Siria donde había nacido y vivía con su familia. No estaba segura si volvería a la excavación de Ur con los Woolley o si estaría en la próxima temporada de la excavación.

—Espero que volvamos a vernos, señor Hamoudi.

—*Insha'Allah*, señora Agatha —dijo Hamoudi.

—*Insha'Allah* —repitió ella con torpeza.

La caravana de automóviles dejó la casa de la expedición vacía. El viento la taparía con arena y, en octubre, Mallowan y Hamoudi volverían a Ur para poner todo en condiciones. Katharine y Leonard se iban en uno de los vehículos, para custodiar los camiones con cajas repletas de tesoros hasta la estación de tren. Mallowan y Agatha viajaban en otro automóvil, junto a un chofer árabe. El resto de la expedición se distribuía en dos camiones para llegar a la estación de trenes y emprender el camino a Bagdad.

Si Alá lo disponía, volverían a encontrarse.

El auto iba tan lento que a los diez minutos Agatha comenzó a pensar otra vez que todo eso era una malísima idea. Iban hacia el norte, bordeando el Éufrates, por una planicie pedregosa. Sentía que la garganta se le secaba. Estuvo a punto de hacer una escena de llanto y pedirles que regresaran con los demás. ¿Qué hacía en medio del desierto con un hombre quince años menor que apenas si le dirigía la palabra y un conductor iraquí que no hablaba inglés?

—¿Por qué le preguntó a Hamoudi por el correo? —dijo Mallowan. La voz tranquila de Mallowan la sorprendió tanto que el corazón le dio un latido de más.

Él pareció darse cuenta:

—Lo siento, ¿la asusté?

—No, para nada. Solo estaba concentrada en el desierto.

—Sí, entiendo. La tierra llana y el calor lo hacen entrar a uno en un trance.

Después de una pausa, agregó:

—Le preguntaba por su correo. Leonard ya había dado la orden de que enviaran todo al hotel Maud en Bagdad.

—Sí, lo sé. Es que pensé que quizá habría algún cable urgente de mi editor. Espero noticias sobre una novela.

—¿Se publicará en estos días?

—Sí. En este mes. En realidad es otro libro —dijo confundiéndose por querer ocultarle algo a Mallowan—. Algo especial. Acaba de salir *El enigmático señor Quin*. En fin, una tontería de mi parte, tiene razón. Seguramente habrá noticias al llegar a Bagdad.

—Por supuesto.

Agatha se dejó llevar por el bamboleo del auto. El diálogo había sido extraño porque ella no había querido contarle que estaba por publicar una novela nueva bajo un seudónimo. Era un proyecto que tenía con su editor y no quería que nadie supiera que experimentaba por fuera de las historias de misterio.

Hubiera preferido concentrarse en el paisaje, pero la vista desde la ventana era solo arena, así que se volvió hacia Mallowan y su voz tranquila.

—¿Dónde aprendió a hablar árabe?

—No aprendí.

—¿Perdón?

—No aprendí. Comencé como asistente de arqueólogo y se suponía que el cargo venía con la habilidad de hablar árabe. Al menos eso dijo Katharine dos semanas después de mi llegada a Ur. Así que desde 1925 llevo la gramática árabe de Van Ess en el bolsillo —sacó el libro para mostrárselo y volvió a guardarlo.

Agatha volvió la cabeza para ocultar su risa.

—Qué mujer extraordinaria —murmuró.

—Esa parece ser la opinión general, sí —dijo Mallowan con lentitud—. Pero si imaginamos una mujer fuera de lo ordinario me la imagino mucho más parecida a usted que a ella.

Agatha tuvo que volver la cabeza para saber si lo decía en serio. Él miraba hacia el desierto así que no pudo ver su expresión.

—¿De verdad cree que soy algo fuera de lo común?

—No conozco a muchas escritoras. De modo que sí.

—Ah, una escritora, claro. A veces me olvido. Mucha gente cree que es algo fantástico pero en mi caso lo olvido por completo. Quiero decir, que soy una escritora. ¿Me entiende?

Él se volvió sonriendo:

—Creo que sí.

—A ver, juguemos a algo mientras este automóvil nos revuelve como si estuviésemos en una tormenta en el mar. ¿Piensa que alguna vez tenderán más líneas de ferrocarril en el desierto? Extraño los trenes ingleses.

—Existen algunas líneas, pero todo depende de la política iraquí. El rey Faysal no está muy seguro en su trono y hasta que no haya cierta estabilidad, el protectorado británico no tenderá más líneas de ferrocarriles.

—Escuché que Burrows mencionaba posibles revueltas en Bagdad. ¿Socialistas?

—¿Por qué todo el mundo piensa que los socialistas hacen revueltas?

—Quizá... porque es lo que hacen.

—No son los socialistas los de estas revueltas. Dudo mucho que lleguen hasta Irak. Son facciones tribales que no están contentas con Faysal. Este no es un lugar sencillo, señora Christie. Y los ingleses estamos aquí y simulamos que está todo en orden, pero no es cierto. Aquí no hay lores y caballeros que establezcan acuerdos. Aquí hay tribus que luchan por sus tierras y por sus ganados. Irak es un lugar pobre. Rico en pasado, pero pobre en presente. Pero no me haga hablar de más. ¿Qué juego quiere jugar?

—¿Juego?

—Usted dijo que jugaríamos un juego.

—Ah, sí. Le contaré una historia. Había una vez una esposa y madre feliz que necesitaba conseguir un poco más de dinero. Tenía una novela de misterio escrita que había sido rechazada muchas veces. Pero la reformó un poco y después de varios intentos una editorial la aceptó. Así nació *El misterioso caso de Styles*. Firmó contrato con ellos, publicó más novelas. Algunas revistas le pedían cuentos. Ella trabajaba contenta, con un ojo en su hija Rosalind y otro en su máquina de escribir. Pero no se consideraba escritora profesional, jamás se le había pasado eso por la cabeza. Hasta que un día, la realidad le pegó en la frente, por supuesto.

De hecho, la notificaron de que era escritora profesional. ¿Adivina cuándo fue?

Mallowan se tomó el asunto en serio. Asintió y reflexionó por un rato. Lo observó. Era un joven muy serio. La joven Agatha jamás le habría prestado atención: le gustaban apuestos, atrevidos, buscadores de emociones. No parecía ser de los que volaban en avión y hacían reír a las chicas con aventuras estrafalarias. Pero era un muchacho atractivo, en su modo serio y reservado.

—Mi primera hipótesis —dijo Max— sería cuando publicó su tercer o cuarto libro. Pero ya dijo que tenía varios libros y no se sentía escritora. Así que no fue la cantidad de publicaciones.

—Bien. Continúe.

—Mi segundo movimiento sería buscar en el pasado. Antes de su primer libro. Pero eso hacemos los arqueólogos, revolver el pasado.

—Katharine me dijo que estaba leyendo *Styles*.

—Lo había empezado, sí —dijo Max carraspeando—. Pero Katharine me dio unas tareas antes de salir. Además de las sanguijuelas.

Agatha ocultó la risa buscando el desierto. Katharine sufría de migrañas permanentes. La solución que había encontrado era la aplicación de sanguijuelas de manera diaria, tarea que le estaba encomendada a Mallowan.

—Espero que ese asunto de las sanguijuelas realmente valga la pena. Soy enfermera y dudo mucho de su eficacia para el dolor de cabeza.

—Peor fue para Hamoudi que tuvo que ir a buscarlas.

—Oh, pobre señor Hamoudi.

—No sabe lo curiosos que son los insultos en árabe.

Agatha rio sin ninguna intención de ocultar las carcajadas. Se sintió feliz de estar en el auto que saltaba e iba en la dirección contraria a la de Katharine Woolley. Mallowan sonreía apenas pero también se lo notaba aliviado.

—¿Continúo? —preguntó Mallowan.

—Por favor.

—Como decía, bucear en el pasado es un asunto mío, no suyo.

—Adoro bucear, y nadar y en Australia hice algo llamado "surf". Uno cabalga las olas subido a una tabla.

—¿De veras?

—Ciertamente. Soy una experta nadadora. Amo el agua.

—¿Y qué hace en el desierto?

—Busco una aventura, Mallowan.

Él hizo una larga pausa para observarla. Ella le permitió observarla mirándolo a los ojos. Él asintió aprobando.

—¿Continúo? —le preguntó.

—Por favor —dijo ella.

—Como decía, bucear en el pasado es mi trabajo también. No puedo buscar en su futuro, así que, supongo, que fue algo reciente, en su presente. Sobre todo por la forma en que lo expresó.

—Razona bien.

—Algo o alguien le hizo notar que era una escritora. Algo que usted no había creído antes. Debe de haber sido una sorpresa. Una no muy grata. ¿Estoy errado?

—Al contrario, me sorprende.

Mallowan empezó a reír con ganas. Miró hacia la ventanilla para disimularlo pero no pudo.

—¿Por qué se ríe? ¡Mallowan! ¡No sea desagradable!

—Es que creo que ya sé qué fue.

—Bueno. Dígame.

—Su empatía con Woolley la delató. No creo que haya sido la Oficina de Asuntos Exteriores pero sí debe haber sido otra oficina burocrática. ¿Hacienda? ¿Impuestos?

—Usted debería ser detective privado, Mallowan.

—¿Acerté?

—Acertó.

—¡Debe ser la primera vez en mi vida que deduzco algo así! —dijo Mallowan aplaudiendo orgulloso—. ¿Así fue? ¿Los de hacienda le hicieron entender que era escritora?

—Y me lo hacen entender periódicamente. Un día, estaba tomando el té muy tranquilamente y me llegó una carta. Una solicitud del impuesto sobre la renta. Querían saber detalles sobre mis ingresos literarios. Intenté explicarles que eran beneficios casuales, pero me mostraron todas mis publicaciones. El ministro de Hacienda era un gran lector de novelas policiales, según parece. Me pidieron detalles de mis ingresos y ahí tuve mi pequeña venganza: jamás había anotado nada. Y lo que había anotado estaba desparramado por la casa en libretitas diferentes. Por suerte ahora Edmund se ocupa de todo.

—¿Quién es Edmund? Creo que lo mencionó antes, en una cena...

—Seguramente lo mencioné varias veces. Es mi representante: Edmund Cork. Se ocupa de todos mis papeles y mis contratos para que yo solo tenga que dedicarme a escribir, tener amigos y cuidar a mi hija. Si no fuera por él viviría haciendo cuentas en papelitos que perdería inmediatamente. Sin él ni Carlo no sabría dónde vivo.

—¿Carlo?

—Mi secretaria. Mi hija Rosalind la llamaba así cuando era pequeñita. Su nombre real es Charlotte Fisher. Empezó como niñera y ahora es mi secretaria y una gran amiga.

—¿Y usted dice que no es una mujer extraordinaria?

Agatha le sonrió sin saber qué responder.

El chofer dijo algo en árabe y Mallowan le respondió en la misma lengua, pero no se molestó en traducir. De todas formas Agatha entendió qué pasaba porque cinco minutos después apareció el zigurat de Nippur en el horizonte.

El paisaje era estremecedor. Agatha no era nueva en el desierto pero siempre se sorprendía de la soledad que podía sentirse en la piel y los oídos. No había pájaros, no había animales, no había plantas que animaran la tierra. No había agua ni árboles, solo una permanente nube de arena en el aire movida por el viento del desierto.

Bajaron del auto. El chofer se quedó en el auto, durmiendo una siesta. Caminaron durante mucho tiempo para llegar a la base del zigurat, tanto que Agatha llegó a pensar que el monumento se alejaba de ellos.

Agatha no había creído que Nippur fuese muy diferente de Ur pero tenía la sensación de estar en un sitio tenebroso. La excavación de Ur siempre estaba viva, con los Woolley de aquí para allá mostrando a los visitantes el sector de los barrios y la excavación del Cementerio.

En la antigua ciudad de Nippur no había nadie. Además del chofer, en ese lugar solo estaban Agatha y Mallowan, dos seres humanos pequeñitos en medio de escombros de más de cinco mil años de antigüedad.

—Era una ciudad sagrada —le decía Mallowan con los ojos fijos en el zigurat—. En las tablillas que se han encontrado en Ur, Lagash, y más ciudades se nombra a Nippur como una ciudad piadosa. Debió ser magnífica, ¿no cree?

—No esperaba que la excavación tuviera semejante tamaño —murmuró Agatha apoyándose en una pared hecha de ladrillos que probablemente tuviera cuatro mil años.

Mallowan le tendió la mano para que pudiera sostenerse mejor mientras subían por una escalinata que conducía hacia el zigurat. Como una jovencita de quince años se ruborizó al aceptar el apoyo que él le ofrecía.

—Estamos en la ciudad de Enlil, el dios del viento de los súmeros. Las excavaciones han mostrado estratos prehistóricos pero lamentablemente lo prehistórico no vende como la reina Shub-ad y su diadema. Aun así, Nippur debió haber sido magnífica y tiene su lugar en la historia.

—¿Y todo esto era verde también?

—Todo verde y lleno de gente. Caminaban por aquí, hablaban entre ellos, comían. Desde el rey hasta el más humilde campesino, pasando por el artesano que trabajaba el oro y las piedras preciosas y la sacerdotisa que honraba a los dioses.

Agatha miró el paisaje. Lo único que se veía a su alrededor era un cielo de un celeste apagado y la arena pálida el desierto. Ya en la altura podía ver que la excavación se extendía hasta casi perderse en el desierto sin que hubiese el menor rastro de agua potable.

—¿De verdad había campesinos aquí?

—¿Tan difícil de creer le resulta? Hace cinco mil años esta tierra era fértil. Los súmeros lograron traer el agua del río Éufrates a través de canales. Fueron grandes ingenieros y transformaron pantanos y desiertos en lugares habitables. Había jardines en las ciudades y campos cubiertos de trigo y cebada. La ciudad de Nippur estaba atravesada por un canal que distribuía el agua por toda la ciudad a través de pequeñas acequias.

—¿Y qué pasó? ¿Dónde está esa agua ahora?

—Hay varias hipótesis. Cambios climáticos bruscos, dicen algunos; un violento cambio del curso del Éufrates que dejó sin agua a la mayoría de los campos. Eso cree Leonard y es muy probable que así fuera. Algunos han publicado estudios sobre tablillas que hablan sobre la salinización del suelo. El agua del Éufrates es potable pero tiene minerales. Si eso es correcto, entonces los propios súmeros destruyeron las bases de su economía con su misma inteligencia. Lamentablemente no hay excavaciones en Nippur en este momento, por eso parece un lugar tan tenebroso. Así que solo podemos imaginar cómo fue el proceso de abandono de la piadosa Nippur, ciudad donde nacieron los dioses.

—Debió ser un desastre para toda esa pobre gente.

—No tanto. Fue un proceso lento de cientos o miles de años. Imagínese a Guillermo el Conquistador hace mil años. Y piense ahora en Inglaterra después de la Gran Guerra. Debió ser una vida lenta y tranquila en un lugar que florecía. Si sufrieron algún peligro inmediato fueron los elamitas y no las aguas salinas del Éufrates.

—Asumo que los elamitas eran los malos de la zona.

—Todo un reino hacia el este, más allá del río Tigris. Los belicosos elamitas llegaban y arrasaban con campos y ciudades. Saqueaban, prendían fuego, asesinaban. A veces las ciudades no podían recuperarse y quedaban abandonadas. Y luego el viento y el tiempo se ocupaban de enterrarlas.

—Así me explicó Leonard la primera vez que estuve aquí. Los *tell* son la maravilla de los desiertos de Oriente.

—Es verdad. Si supiera usted la emoción que produce un *tell* intacto. Empezar a excavar y descubrir cuantos estratos posee. Cuántas ciudades se establecieron allí: la edad del bronce, la edad del hierro, asirios, persas... La decepción de encontrar solo estratos romanos... Cuando lleguemos a Siria va a maravillarse. Enormes montones de tierra, paredes derruidas, columnas y tablillas de arcilla cubiertas por pastos y flores rojas, amapolas sobre todo. Los pastores llevan a sus ovejas y cabras por encima de cuatro mil años de historia. Siria es un campo fértil, gracias a las lluvias. Si algún día dirijo mi propia expedición, será en tierra siria.

—¿No le gusta Irak?

—No es que no me guste Irak, es que Siria me ha enamorado. Y estoy seguro de que también se enamorará de ella en cuanto la conozca.

—Eso espero —murmuró Agatha ansiosa por conocer una tierra tan bellamente descripta.

Mallowan le señaló la línea del horizonte. Apenas podía distinguirse el río Éufrates del cielo y de la arena. Todo tenía el mismo color lavado por el sol y ningún árbol o animal interrumpían la planicie. No se escuchaba nada más que el viento y la arena depositarse sobre las ruinas de la ciudad sagrada. Mallowan la hacía subir y bajar mostrándole estratos de excavaciones o descubriendo un pedacito de cerámica escrita en esos curiosos caracteres que se guardaba en el bolsillo de la chaqueta. Era un laberinto en el que el tiempo y el espacio se confundían. Llegaron a descender tanto que si Agatha miraba hacia arriba, solo veía escaleras y paredes hechas de ladrillos pálidos por las que el dios Enlil paseaba con tranquilidad.

Al consultar su reloj, Mallowan vio que eran las cuatro de la tarde y dijo que había que regresar al automóvil. Por suerte el sitio de Nippur era enorme y Agatha pudo despedirse despacio de la morada del dios Enlil.

A diferencia de lo que esperaba, el chofer estaba despierto y con el té preparado para que ellos pudieran merendar con un poco de pan y queso de cabra. La comida y el té le sentaron bien. Estaba abrumada por el paisaje y el cansancio. Mallowan se sentó en el asiento al lado del conductor y la dejó acomodarse a sus anchas en la parte de atrás.

—Son unas tres horas hasta Diwaniya —le aclaró—. Le recomiendo descansar. Leonard me dijo que debía ir directo a casa de los Ditchburn. Seguramente querrán cenar y pasar la noche hablando.

No discutió la recomendación de Mallowan. No había paisaje que mirar excepto, de vez en cuando, el cambio de colores con el sol bajando en el oeste. Agatha descansó pero no pudo dormir. El estado del camino era terrible y daba saltos que la obligaban a sostenerse del asiento.

Entraron en la ciudad de Diwaniya alrededor de las siete de la tarde. Agatha la había visto aparecer en el horizonte como a todas las ciudades iraquíes que había conocido hasta el momento: un arquitectura de líneas rectas, apenas perturbadas por los minaretes de la mezquita y palmeras, envueltas en una bruma de arena seca.

A pesar de ser muy parecida a ciudades más pobres, Diwaniya era importante ya que estaba ubicada sobre un terreno fértil que permitía realizar cultivos. Como estaba en el camino entre Bagdad y Basora, los ingleses estaban interesados en ella y habían establecido un delegado oficial en la ciudad. El señor Ditchburn y su esposa, conocidos de los Woolley, los recibirían y alojarían por una noche.

Agatha llegó cansadísima y con pocas ganas de ser sociable. Pero se obligó a poner una expresión de simpatía cuando saludó a sus anfitriones. De inmediato le dijeron que tenían la cena lista y una mesita separada para jugar al bridge. Agatha casi se largó a llorar.

Sola, en la habitación que le habían preparado, suspiraba mientras se sacaba el polvo del camino. Al mirarse al espejo vio que la expresión de simpatía no era más que una mueca. Optó por ponerse unos polvos en la cara, colorete y labial rojo. Bajó vestida con un traje de noche cuestionable y el pelo apenas cepillado. Cuando terminó la noche, agradeció no haber hecho un esfuerzo mayor.

El señor Ditchburn era insoportable.

Las reglas de urbanidad indicaban que Agatha debía sentarse junto al dueño de casa. Se suponía que el hombre, delegado del protectorado británico, debía entretenerla como huésped especial que era. Pero el señor Ditchburn no había dicho una palabra desde que ella se había sentado. Un poco aburrida, Agatha pronunció unas frases que serpentearon entre la cortesía y la estupidez. Pero el hombre se obstinó en su silencio.

Ubicados en la mesa, también había dos misioneros norteamericanos, marido y mujer, que tampoco hablaban. Elsie, la señora Ditchburn, estaba al otro lado de la mesa y conversaba sin parar con Max, quien tenía una expresión seria y los ojos cansados.

Habiendo perdido las esperanzas sobre su anfitrión, Agatha se distrajo con los misioneros. La mujer era poco interesante más allá de su labor piadosa pero el hombre daba todo un espectáculo: en lugar de comer, tenía las manos ocupadas en un pañuelo que destrozaba en pedacitos.

Agatha, que se sentía un poco aturdida por el sueño, tuvo, de pronto, una iluminación. El misionero y su pañuelo en pedacitos eran un extraordinario argumento para una novela. Su cabeza había dejado Diwaniya y se había sumergido en los senderos de una posible historia.

La angustia volvía loco a un misionero.

Los pañuelos destrozados eran rastros de sus crímenes.

Poirot, siempre atento, seguía las pequeñas tiras del pañuelo hasta dar con el motivo de la angustia y, quizá, del crimen.

—Todos los arqueólogos son unos mentirosos.

La frase le hizo dar una cabeceada. Agatha enrojeció al darse cuenta de que se había dormido mientras fantaseaba la historia del misionero y sus pañuelos. La voz ronca había llegado desde un lugar que no esperaba: el señor Ditchburn.

—Disculpe, ¿cómo dijo?

—¡Que todos los arqueólogos son unos mentirosos!

—¿Y por qué cree eso? ¿Alguno le ha mentido?

—¡Mienten en todo! ¡En todo! Le dicen a todo el mundo que conocen las fechas de cosas que han pasado. Que esto tiene 7.000 años y que aquello tiene 3.000 años. Que conocen a tal rey que gobernó tal ciudad y al que le siguió. ¡Mentira! ¡No son más que mentirosos!

Agatha miró a Max. El joven tenía los ojos puestos en ellos dos y había oído a Ditchburn.

—Le tuve que dejar mi vestidor a ese arqueólogo que la acompaña. Al parecer no puede dormir en el suelo.

—¿Cómo? —preguntó Agatha volviéndose.

—Ese arqueólogo amigo suyo va a dormir en mi vestidor. Mi mujer siempre me hace lo mismo, llena la casa de invitados y me quedo sin mi vestidor. No lo digo por usted, usted es importante, pero esos arqueólogos mentirosos me quitan mi privacidad.

Agatha se puso de pie. No quería discutir con el dueño de casa pero tampoco iba a permitir que difamaran a su compañero de viaje.

—Lo siento —dijo con amabilidad forzada—. Si me disculpan todos, estoy exhausta, debo retirarme a descansar.

Los hombres se levantaron. La señora Ditchburn protestó.

—¡Oh, no! Debe quedarse, señora Christie, jugaremos al bridge y la pasaremos muy bien.

—No podría —susurró Agatha que sintió que todo la habitación daba vueltas. Buscó con la mirada a Mallowan pero él ya estaba a su lado dispuesto a sostenerla. Ella se recostó sobre él para no caerse por el cansancio.

—Me temo que el desierto ha tomado por sorpresa a la señora Christie. La acompañaré a su habitación y volveré para jugar al bridge, señora Ditchburn.

Agatha se despidió lo más rápido que pudo de sus anfitriones.

—¡Qué hombre descortés! —dijo Agatha al llegar a la habitación.

—Todo un personaje el señor Ditchburn —respondió Max en un susurro—. ¿Estará bien?

—Sí, Mallowan. Muchísimas gracias por rescatarme.

—Descanse. Yo jugaré una partida de bridge y me volveré a dormir. Muy a pesar del señor Ditchburn. Lo bueno es que ya sabe que soy un mentiroso.

—¿Mallowan?

—¿Sí?

—Por favor, gánele.

—Por supuesto.

Se despidieron con una sonrisa cómplice. Agatha conservó la sonrisa en los labios mientras dormía.

6

Locas de tristeza

A las cuatro y media de la mañana, Max golpeó la puerta de Agatha. Se escuchó un murmullo dentro de la habitación y un gemido:

—¿Mallowan, es usted?

—Soy yo, sí. Es hora de partir.

—Gracias a Dios. Temía que fuera Ditchburn para echarme de la habitación.

Max se rio y volvió a su habitación para recoger sus cosas. La noche había sido una verdadera prueba de diplomacia. Por supuesto que le había ganado al dueño de casa y eso había empeorado las cosas. El hombre protestó todo el tiempo que duró la partida mientras su mujer lo ignoraba. Los misioneros, gente muy extraña, permanecieron en silencio mientras duró el juego. Max se encontró varias veces recordando el día que había pasado con Agatha en Nippur mientras esperaba las cartas de sus compañeros.

Salieron en el auto a las cinco de la mañana rumbo a Nayaf, la ciudad sagrada de los chiíes. Katharine había insistido en que Agatha conociera la mezquita y el cementerio; Max estaba obligado a cumplir con el pedido. Sin embargo, iba preocupado.

El asunto era complicado y a Max no le gustaba. Los chiíes eran fanáticos religiosos y muy sensibles con la ciudad sagrada.

Por todos lados había extremistas que odiaban a los ingleses y buscaban cualquier razón para armar una revuelta. Menos todavía les gustaba que las mujeres inglesas fueran con el rostro descubierto. Conocer la ciudad con la señora Christie no sería tan sencillo como vagar a solas por el zigurat de Nippur.

Al parecer su compañera de viaje estaba contenta y eso le agradaba. Miraba todo con esos ojos azules enormes que tenía, como si fuese juntando imágenes en algún lugar de su mente. Era una mujer apropiada para viajar en Oriente, donde las distancias eran casi eternas. No hablaba mucho, solo lo necesario. Él respondía con la mayor sencillez posible y evaluaba si comprendía o no lo que decía. La recepción era buena así que seguía agregando datos, anécdotas, detalles que guardaba en su mente. Ella escuchaba admirada la historia de la región y él se sentía contento de poder explicarle todo lo que sabía. Lo sentía como un modo de disculparse por los designios caprichosos de Katharine.

A mitad de camino entre Diwaniya y Nayaf le preguntó al chofer si habría alguna posibilidad de que pudieran visitar el cementerio de Wadi—us—Salam. El hombre negó con la cabeza muy despacio. Max suspiró.

—¿Pasó algo? —preguntó Agatha.

—Me parece que nuestra visita a Nayaf será corta.

—Katharine habló mucho sobre la mezquita y el cementerio.

—Sí, y ella tiene razón, son dignos de verse. Pero no es sencillo en una ciudad como esta. Los chiíes son una facción complicada y defienden su ciudad sagrada del modo que consideran conveniente. Los jeques locales nunca vieron con buenos ojos la ocupación británica después de la guerra y la aceptan porque no pueden rebelarse.

—¿Y si no vamos? Suena como una aventura demasiado peligrosa.

—¿Y si Katharine lo descubre?

—Oh. Más peligroso todavía.

—Exactamente.

Max volvió a suspirar. Agatha le palmeó el brazo con la mano en un gesto que le gustó mucho y lo hizo sonreír. Puso su mano sobre la de ella para agradecerle la comprensión.

—Confieso que cuando Katharine le encomendó llevarme en este viaje sentí un poco de pena por usted. Obligado a viajar por el desierto con una mujer desconocida. Pero ahora creo que el verdadero problema no soy yo.

—Usted jamás sería un problema, señora Christie. Es amable…

—…como para tolerar las palabras del señor Ditchburn sin insultarlo.

Max se río con ganas.

—Ditchburn es un personaje. Lo conocía pero nunca había intercambiado opiniones con él. Supongo que hay demasiados arqueólogos en el desierto y le invaden la casa. Yo también me sentiría molesto si cada semana tengo que ceder mi habitación.

—Y es un hombre que no teme expresar su opinión, podemos concederle eso como virtud. Creo… ¿Cómo quedó la señora Elsie después de mi partida? Pareció decepcionada de que no me quedara a jugar bridge.

—Quedó un poco ofendida. No creo que consiga de ella una lectora fiel. Por suerte, pude escaparme después del primer juego y dormir un poco. Me temo que los Ditchburn tienen motivos para detestarnos.

—Oh, bueno… qué mala suerte. ¿Y qué me dice de los misioneros? El hombre me ponía nerviosa, no dejaba de partir su pañuelo en trozos. ¿Qué clase de persona hace eso en una cena?

—Algo me dice que usted imagina algún motivo.

Le gustó la risa suave de Agatha al sentirse descubierta.

—Espero que sea una gran novela —le dijo él palmeándole el brazo.

Ella repitió el gesto que habían hecho antes y le sostuvo la mano con cariño. A Max le sorprendió un poco ese contacto afectuoso pero no retiró la mano.

—¿Cree que aquí hay material para una novela?

—Creo que en cualquier persona hay material. Un gesto, una frase. "Los arqueólogos son unos mentirosos". Ahí hay un misterio. Y una novela.

—O un hombre muy cansado de las antigüedades.

—¡Hombre insoportable!

Los dos rieron y se acomodaron en el asiento del auto para verse reír mutuamente. Le gustó a Max ese momento, habían trascendido el respeto mutuo y obligado. Ahora eran verdaderos compañeros de viaje, que se hacían confidencias en el medio del desierto. Max se atrevió a llamarla por su nombre.

—¿Dormiste bien anoche, Agatha? Creí escuchar que hablabas.

—Tuve un mal sueño, nada especial. Estaba muy cansada. ¿Será así todo el viaje, no es cierto?

—Los caminos son un desastre y no siempre por culpa de las autoridades. Has visto las tormentas de arena. Pueden hacer desaparecer un camino o enterrar una casa en horas.

—Y aun así amas este lugar.

—Por supuesto.

—¿Siempre fue así?

—No, definitivamente no. Hice Estudios Clásicos en Oxford y después, por designios de la fortuna, me interesé en el Oriente. No conocía mucho hasta que me presentaron a Leonard. Fue una gran casualidad.

—¿Y la primera vez que llegaste aquí?

—¡Tragué arena durante días! —dijo Max riendo—. Apenas estaba preparado para mi primera tarea: construir un baño para Katharine. Que es la primera tarea que hay que hacer en cada campaña. Pero no puedo quejarme. Ser parte del descubrimiento y la investigación del Cementerio Real de Ur y sus tesoros es un orgullo que bien vale un baño.

—Eres un hombre práctico.

—Lo soy. Y es un gran recurso en el desierto. Hamoudi siempre me lo dice.

—¿Son muy amigos, Hamoudi y tú, verdad?

—Muy amigos. Es un hombre sin igual. Conoce estos lugares como nadie. Creo que pertenece a una estirpe de hombres del desierto que pueblan las leyendas, sabe lo que sucede aquí y sabe tratar a los hombres que aquí viven. ¿Sabías que estuvo una vez en Londres?

—No puedo creer eso.

—Leonard y Lawrence lo llevaron durante la guerra. Habían estado en Carquemish haciendo excavaciones y el Imperio Otomano se declaró en guerra con Gran Bretaña. Debieron terminar los trabajos y Hamoudi, que era capataz de la excavación arqueológica, se fue con ellos a Londres.

—¿Y te dijo qué le pareció la ciudad?

—Nunca me lo dijo. Le he preguntado mil veces y nunca me contó qué le pareció Londres.

—¡Fascinante!

—Lo es. Un personaje del desierto. Un hombre espiritual también. Muy creyente.

El chofer interrumpió la conversación. Le señaló a Max la mezquita de Nayaf que brillaba en la distancia.

—Y hablando de temas espirituales, llegamos a la ciudad sagrada de Nayaf. Cúbrete todo el tiempo la cabeza, Agatha. Los chiíes son especiales.

La cúpula dorada de la mezquita brillaba con el sol de la mañana. Max encontraba placer en explicarle a Agatha lo que sabía del templo. Se notaba que era una mujer religiosa pero no se espantaba por otras religiones y disfrutaba del arte arquitectónico del Oriente. Escuchaba sus explicaciones con placer sin mirar con desdén ni asombrarse exageradamente por todo. Apreciaba todo en su justa medida y no había que ser tan conocedor como Hamoudi para comprender que Agatha estaba enamorada del desierto y sus rústicas bellezas.

Cuando atravesaron el muro que rodeaba a la ciudad, Agatha no pudo contener una exclamación al ver a las mujeres vestidas con velo negro que lloraban y se retorcían en las calles. Él explicó que Nayaf era una ciudad sagrada y también una ciudad cementerio para muchos iraquíes. Muchos de los profetas chiíes estaban enterrados en la necrópolis de Wadi—us—Salam. Max le pidió a Agatha que subiera la ventanilla y evitara hacer expresiones demasiado audibles. Le gustaba la reacción de Agatha en esa ciudad tan bella pero no se sentía seguro.

La visita a la ciudad duró poco. Las autoridades inglesas les negaron el permiso para recorrer el cementerio, aunque Max insistiera en nombrar a Leonard Woolley. Más aún, les dijeron que no podían seguir viajando solos y en el viaje hasta Bagdad les asignaron un soldado del cuerpo de camelleros que portaba un rifle. El soldado se acomodó al lado del chofer, sin decir una palabra.

La mezquita era bella y Agatha una mujer sensible que sabía apreciarla. Ella escuchó con dulzura todo lo que podía decirle del bellísimo templo, su cúpula de oro y sus paredes recubiertas por turquesas. La mezquita era un templo dedicado al iman Ali, fundador de la secta chiíta y construido sobre su tumba en el año 977 después de Cristo. Las paredes del interior de la mezquita, las del mausoleo, estaban cubiertas de inscripciones tomadas del Corán hechas en oro y plata sobre paredes cubiertas en turquesa. Ella quedó emocionada por el preciosismo de la decoración de los minaretes que flanqueaban la entrada al templo, también cubiertos de oro. Y rio cuando él bromeó diciéndole que los diseños de las paredes podían inspirar alguna de las telas de los vestidos que ella y Katharine usaban.

Solo pudieron dar una vuelta a pie alrededor de la mezquita. Como mujer, Agatha tenía prohibida la entrada al templo, y como inglés, Max debía evitar provocar la ira de cualquier extremista que anduviera suelto por ahí. Max comprendió enseguida que era mejor volver al automóvil, cuando el soldado le señaló a una multitud que rodeaba a un grupo de hombres que se infligían heridas y caminaban rumbo al cementerio.

—Debe ser algo magnífico —susurró Agatha acercándose hasta él.

—Lo es —le respondió con voz segura—. Ojalá pudieras verla. Los ojos no alcanzan a abarcar la belleza del mausoleo... Allí va otro grupo hacia el cementerio. No nos dejarán entrar pero le diré al chofer que los siga así puedes ver algo cuando abran las puertas.

Max le indicó que mantuviera las ventanas subidas y el sombrero sobre la frente. Agatha obedeció y le aferró la mano mientras seguían al grupo.

—¿Todo bien?

—Me impresiona un poco el grupo. Los gritos de las mujeres. Como si se hubieran vuelto locas.

—Están en trance, como las bacanales romanas cuando bailaban en las festividades. Solo que estas mujeres entran en trance por la muerte.

—Locas de tristeza.

—¿Estás bien? Te pusiste pálida.

—Estoy bien, sí. Solo me impresionan un poco estas mujeres.

—El cementerio es bello, pero si te sientes mal damos la vuelta y emprendemos el camino a Kerbala.

—No, está bien. Sigamos.

Cuando aparecieron frente a ellos unas murallas, Max le indicó al chofer que se detuviera dejando la ventanilla del lado de Agatha frente a las puertas del cementerio. Max miraba por detrás de ella pero estaba atento a su reacción.

Las puertas se abrieron de inmediato para dejar pasar al muerto y a su familia. A través del hueco de la puerta, apareció una calle infinita que se perdía en el horizonte borroso de arena y cielo del desierto. A los costados de la calle, una multitud de tumbas con forma de cajas apiladas, se elevaban sobre una colina y desaparecían del alcance de la vista.

—Parece una pequeña ciudad —susurró Agatha sin darse vuelta.

—Lo es. Dicen que es el cementerio más grande del mundo. Incluso hay una sección para cristianos. Es una experiencia sobrecogedora recorrerlo. Uno siente una piedad súbita, incluso si no cree en Dios.

—¿No crees en Dios, Max?

—Tengo mis dudas. Pero aquí es como si no pudiera dejar de creer.

—Es un lugar hermoso. Me alegra que haya un lugar donde no tengas dudas.

Después de tres suspiros de Agatha, se cerraron las puertas del cementerio y el automóvil emprendió el viaje a Kerbala.

7

Una noche más en Kerbala

La siguiente noche, Agatha la pasó en la celda de una comisaría.

Y por más que buscara una manera de ofenderse o sentirse extraña, horrorizada o alguna sensación parecida, no pudo encontrarla. Dormir en una celda iraquí le resultó lo más normal del mundo.

Mientras Max preparaba el auto para el día siguiente y el jefe de policía ordenaba la cena, Agatha extendía la ropa de cama que Katharine le había prestado sobre un catre. ¿Qué criminal había dormido sobre ese catre? ¿Qué crimen había cometido? Solo había un preso en la comisaría y estaba al otro lado del pasillo, bastante lejos de ella. Max le había prometido que dormiría cerca por cualquier cosa que necesitara.

Así que, sentada en la cama y ya cambiada para cenar, Agatha reflexionaba sobre lo oportuno que era para una autora de misterio dormir en una celda, al menos una vez en su vida. Así como había trabajado con poderosos venenos durante la guerra, comprendía que estaba obligada a conocer el lugar donde un criminal pasaba su vida después de caer en las garras de Hércules Poirot.

No necesitaba un espejo para saber que sonreía. Había comenzado el viaje haciéndose muchos problemas por Mallowan y resultó un compañero muy agradable. Más que eso, tenía el presentimiento de que se convertirían en grandes amigos. Si los Woolley la hubiesen acompañado, el viaje habría sido sobre ellos. De haber viajado sola o con otros turistas no habría aprendido ni la mitad de las cosas. Era Max el que lograba ver esas capas sucesivas de historia que encontraban los arqueólogos dentro de las mismas ciudades o el desierto. Era Max el que sabía contarlas con mesura y tranquilidad. Era el desierto de Max el que estaba conociendo y empezando a amar.

Golpearon la puerta y apareció por la ventanita enrejada el soldado con el rifle que los acompañaba desde Nayaf. Le dijo en un inglés muy cadencioso que Mallowan y el jefe de policía la esperaban para cenar. Agatha lo siguió de inmediato.

No pudo decir que la cena la sorprendió porque ya estaba lista para cualquier cosa, pero consideró un hermoso detalle que armaran la mesa de la cena al aire libre, fuera de la comisaría, y que hubiese una luna gigante para iluminarlos. En algún lugar debía haber rosas porque el aroma dulce que se sentía en el aire era imposible de confundir. No preguntó, se dejó llevar por la charla, la comida especiada y el croar de las ranas.

Max y el jefe de policía hablaban en árabe. El hombre de vez en cuando decía algunas palabras en inglés, pero Agatha agradecía que la dejaran en paz. Habían recorrido muchas millas por un camino en condiciones horribles y todavía sentía el movimiento en el cuerpo. Se estaba adormeciendo pero no al punto de quedarse dormida como la noche anterior en Diwaniya. Era más bien una tranquilidad que le inundaba el cuerpo y que provenía de estar exactamente donde quería estar con amable compañía. Al hacerse consciente de esa tranquilidad suspiró suavemente, como dejando caer una carga que llevaba hacía tiempo.

El suspiro llamó la atención de Max, quien primero frunció el ceño y después sonrió al ver que ella lo tranquilizaba con un leve movimiento de cabeza. El jefe de policía, gritón como todos los árabes, reaccionó de otro modo:

—Ah, señora Agatha Christie. Me dice Mallowan que usted es escritora. Escuche:

¡Yo te saludo, espíritu feliz!

Pájaro que nunca existirás.

Azorada, pero feliz, escuchó al jefe de policía recitar *La Alondra* de Shelley. Así era como había imaginado el Oriente y le había llevado un viaje y medio llegar a conocer esa fantasía. Un jardín oriental lleno de rosas oculto en la penumbra y ranas que croaban a la luna llena. La mezquita y el templo del nieto de Mahoma se recortaban en el cielo lleno de estrellas al final de unas callecitas apenas iluminadas y unos edificios azulados por la luz de la luna. Una noche digna de las mil y una noches.

Cuando el hombre terminó el poema, Agatha soltó su tacita de té y aplaudió con fervor. Shelley y el Oriente eran la combinación que necesitaba para sentirse bien.

—¿No es un poema bonito, señora Agatha Christie? Me lo enseñaron y lo recito a los ingleses que vienen a visitarnos. ¡Cómo les gustan las visitas a los ingleses!

—Es bellísimo. Y sí, nos gustan mucho los viajes, hay pocos placeres similares.

La cena terminó poco después del poema. Max la acompañó junto con el soldado —que llevaba una linterna— hasta la celda que se había acomodado. Antes de cerrar la puerta le preguntó:

—¿Qué crees que mi tía abuelita victoriana habría pensado sobre dormir en una cárcel?

Max se rio.

—Si necesitas algo en medio de la noche, me llamas. Estoy en la celda contigua. Buenas noches.

Muy a pesar suyo, lo necesitó.

Escuchaba las manecillas de su reloj que se movían sin cesar y se preguntaba qué hora sería. Probablemente la medianoche o las dos de la mañana. Calculaba cuánto tiempo faltaría para el amanecer y si podía aguantar o no. Cerraba los ojos y trataba de concentrarse.

Estaba en el desierto así que pensar en agua era imposible.

No pienses en agua... no pienses en agua...

—¡Mallowan!

Escuchó unos pasos rápidos en la celda de al lado y después unos golpecitos en su puerta:

—¿Agatha?

Le abrió sin saber qué iba a decir.

—¡Max!

Él tenía el pelo revuelto pero la cara estaba despejada. El desorden del pelo lo hacía lucir menos serio de lo que parecía de día. Y más atractivo. Le gustó el cambio.

—¿No estabas durmiendo?

—Me quedé leyendo un libro.

—Bien... —dijo Agatha buscando una excusa para no pedir lo que tenía que pedir.

—¿Agatha?

—Sí. Tengo que pedirte algo y no quiero. Mi tía abuelita se revolvería en su tumba si lo supiera.

—Estoy seguro de que su tía abuelita comprenderá la situación. Dímela.

El cuerpo le advirtió que cuanto más tiempo perdía más grave sería la desgracia. Respiró hondo.

—Debo ir al excusado. Tomé demasiado té...

—Sí, claro. No digas más. Voy a buscar a alguien que nos guíe.

Fue una curiosa caravana a través de los corredores de la comisaría: el guardia nocturno con una linterna, detrás de él Max Mallowan vestido con su pantalón de viaje y la camisa suelta y, por último, en pantuflas, pijama y bata de seda, la señora Agatha Christie, la reina del crimen, a punto de orinar en el baño de la comisaría de la ciudad de Kerbala.

El silencio del desierto era terrible.

Se escuchaba todo.

Y seguramente los dos hombres afuera del cuartito de baño escucharían el ruidito que ella hacía. Tuvo que concentrarse para olvidar todos esos pensamientos ridículos y liberar su vejiga de una buena vez. Recordó a su madre con ternura: "lo que tiene que hacerse, tiene que hacerse, Agatha". Y así fue.

Salió del cuartito sin mirar a Max. Le agradeció el favor y entró en la celda. Se metió en su cama con la bata y las pantuflas y se tapó la cabeza. La mortificación le duró menos de un minuto. Era lo más natural pedirle al hombre más cercano a ella ayuda en ese caso. Max era amable, serio y se comportaba como un caballero. Se quedó dormida pensando en lo interesante que sería volver a verlo en Londres.

A la mañana siguiente, de nuevo se levantaron muy temprano para desayunar al aire libre con el jefe de policía. Esta vez pudo ver el jardín de rosas que había llenado de perfume la noche anterior. Había un hombre cortando flores y se ilusionó con que fueran para ella.

El hombre, en efecto, armó un ramo con las rosas y se dirigió hasta la mesa donde desayunaban. Pero pasó por detrás de Agatha, que se había acomodado para recibirlo, y fue directo hasta Max, que la miraba divertido. El jardinero le entregó el ramo a Max después de una reverencia.

Max se echó a reír al ver su expresión:

—Mi querida Agatha, esto es el Oriente. Las atenciones son para los hombres, no para las mujeres —y sacó una rosa del ramo para dársela en un gesto casi de película. Agatha agradeció el regalo, colocándose la rosa en la solapa de la chaqueta.

Partieron un rato después sin poder hacer más que un rodeo por la mezquita y el templo del iman Huseyn. El lugar estaba cerrado, sobre todo para mujeres occidentales. Al ver su decepción, Max puso su mano sobre la de ella:

—No te preocupes, Agatha. El castillo de Ujaidir compensará cualquier contrariedad.

Ninguno de los dos habló durante el viaje. No fue uno de esos silencios incómodos entre dos personas que no tienen nada que decirse. Fue un silencio tranquilo, perfumado por las rosas de Max, interrumpido de vez en cuando por la charla entre el conductor y el hombre armado que los acompañaba.

Le gustó ese silencio entre ellos. Ya pasada la ansiedad por la compañía forzosa, estaban relajados y disfrutaban del viaje: uno contaba lo que sabía, la otra disfrutaba y memorizaba nombres, lugares, rostros y colores.

La fortaleza de Ujaidir, como tantos otros monumentos en Irak, apareció en el horizonte mucho antes de que llegaran. También, como otros tantos monumentos, se confundía con la tierra amarilla y el cielo pálido que la rodeaban.

Al llegar, Agatha se vio sofocada por una masa de aire espeso, caliente y lleno de arena. Max la ayudó a bajar del auto con delicadeza, pero con los ojos puestos en la fortaleza. El lugar era enorme. Mientras caminaban, él le explicaba que tenía unos mil doscientos años de antigüedad y que la excavación del sitio había sido conducido por la misma Gertrude Bell varios años atrás.

"Algunos lugares", pensaba Agatha, "nos gustan más por la compañía que por el lugar en sí mismo". Ujaidir era bella, sin dudas, pero no la dejaba sin aliento como el cementerio de Nayaf o su mezquita. Estaba hecha de ladrillos amarillos —como todo en Irak— que se confundían con el suelo. Era austera en su diseño y decoración. Max parecía admirar mucho los parapetos de la muralla y sugirió caminar por ellos. Evidentemente, vio la duda en los ojos de Agatha, porque enseguida le ofreció la mano para subir hasta esas alturas. Ella aceptó y no volvió a soltarse hasta que terminaron el recorrido.

—¿Cómo fue que Gertrude Bell consiguió la excavación de esta fortaleza?

—Era una mujer extraordinaria y conocía el lugar. La rechazaron varias veces hasta que consiguió la autorización. Creo que su carácter tenaz era su mejor arma.

—Qué maravilla ser así.

Max se volvió para mirarla a los ojos. Agatha le sostuvo la mirada como preguntándole qué ocurría. No ocurría nada, porque los ojos de Max no expresaban nada grave, al contrario, parecían querer decir algo más. Pero no dijo nada. Solo le indicó que era hora de volver.

Agatha volvió al auto con un humor diferente. Después de comer algo, emprendieron la marcha hacia Bagdad.

—¿Sabes "Frère Jacques", Max?

—Mi madre es francesa, por supuesto que la sé.

—¿La cantamos?

Agatha cantaba y reía al mismo tiempo. Cantaban canciones de niños, inglesas y francesas, que resultaban tontas y divertidas en boca de dos personas ya adultas. Pero así se sentía, tonta y divertida y no quería soltar ese momento. Llegarían a Bagdad y allí estaría Katharine con todas sus demandas y todas sus sanguijuelas, y ella perdería a tan buen compañero de aventuras.

Algo azul en el horizonte interrumpió la canción. Fue tan extraño ver algo así en el paisaje que Agatha se incorporó en el asiento y se inclinó hacia la ventana lo más que pudo.

—¿Eso es un lago, Max?

—Así es. Debió formarse durante la temporada de lluvias. En unos meses más ya no existirá.

—Pero es un lago real, ¿o un espejismo?

Max rio.

—Es un lago real. Podrías bañarte allí si quisieras.

—¡No juegues conmigo!

—No juego. ¿No tienes algo que sirva de bañador? Si es así, le digo al chofer que se detenga y nos bañamos en el lago.

Agatha pensó y pensó. ¿Tenía algo que fuera un bañador? Exactamente no, pero tampoco había tanta gente alrededor para escandalizarse si se ponía otra cosa. Porque "otras" cosas tenía.

—Podría improvisar algo y…

Max le habló al chofer y se detuvieron de inmediato. Enseguida fueron hacia el lago de aguas azules. Era una zona más baja que el terreno por donde iba el camino hacia Bagdad. El lago era semi permanente de modo que había palmeras en los bordes del lago y lugares donde la tierra se había retirado y aún permanecía húmeda.

El chofer y el soldado se habían quedado lejos en el auto, con esa discreción que, estaba aprendiendo Agatha, caracterizaba a los árabes. Ella y Max bajaban hacia el lago con sus atuendos apropiados para nadar: él con camisa y pantalones cortos; ella cubierta por una bata y debajo ella, dos bragas encimadas, y una enagua rosada de seda sobre ellas.

Dejaron las cosas junto a una palmera. Agatha no dudó un segundo en sacarse la bata y correr hacia el agua como hacía en Devon, cuando estaba en su casa. No había nadie alrededor, excepto dos hombres en un auto a la distancia que ni se interesaban por dos ingleses en ropa interior disfrutando del agua como si fuese la cosa más normal del mundo. El sol ya había empezado a bajar y todo se ponía de ese color dorado y naranja que tanto le gustaba a Agatha. El agua del lago estaba fresca y le recorría la piel, dándole una deliciosa sensación de bienestar. Agatha cerró los ojos un momento y se imaginó en su casa, con las gaviotas y los pescadores en el muelle.

—¿Dónde estás, Agatha? —le preguntó la voz suave de Mallowan.

Ella no abrió los ojos. Sospechaba lo que él estaba mirando pero aún no se sentía segura del todo como para aceptar esa mirada. Le contestó con los ojos cerrados:

—Estoy en el medio del desierto. Nadando en un lago con el agua más hermosa que he conocido. Max Mallowan me acompaña. Pronto desaparecerá…

—¿Mallowan desaparecerá?

—No. El lago. Mallowan no parece un hombre que llega con las lluvias pasajeras. Me parece que es un hombre de arenas eternas.

—Es posible, es un hombre que disfruta de los placeres del desierto.

—Eso me han dicho.

Agatha se hundió en el agua para ocultar que se había sonrojado. Nadó hasta el centro del lago y disfrutó de estar en el agua sola, sin escuchar ningún ruido además del chapaleo de

Max nadando hasta ella. No se acercó, pero le preguntó si estaba bien, no quería tener que rescatarla. Ella se río y le dijo que era una eximia nadadora y se lo demostró nadando hacia atrás. Lejos de todo, de las responsabilidades, de Poirot, del traqueteo de la máquina de escribir, se dejó mecer por el agua bajo la atenta mirada de un joven silencioso llamado Max Mallowan.

Salieron del agua cuando la bocina del auto les indicó que ya había pasado el tiempo de la discreción. El chofer y el soldado querían volver al camino. Ellos obedecieron al llamado pero volvieron muy despacio hasta el auto, sin decirse una palabra, en ese silencio que era de los dos.

En cuanto el auto emprendió la marcha, Agatha empezó a quedarse dormida. Había dado una cabezada cuando el auto se detuvo de repente. Se despertó del todo y vio que los tres hombres estaban del lado opuesto mirando las ruedas.

Bajó ella también del auto. Max junto a los otros dos hombres miraba fijamente la rueda hundida en la arena. Habían sacado esterillas metálicas y palas —no era raro que los autos se hundieran en los caminos— pero por más que lo intentaban no podían hacer salir al auto de su trampa de arena.

Agatha solo podía prestar su silencioso apoyo moral y rezar por la pronta recuperación del motor. Después de un intercambio de palabras y algunas señas, Max se dio vuelta y sin mirarla, dijo:

—Tendremos que pedir ayuda.

—Oh.

—El soldado es del Cuerpo de Camelleros, y, según dice, beduino. Afirma que podrá estar sin agua por mucho tiempo. Se ha ofrecido para buscar ayuda pero no sé cuánto tardará en encontrarla. Por aquí no pasan caravanas y la ciudad más cercana es Kerbala y está a cincuenta millas. El hombre conoce el desierto y sabrá hacia dónde ir.

—¡Qué bueno que conozca el desierto!

Max la miró extrañado.

—¿Sí?

—Sí, claro. Si no hay nada más que hacer me subo al auto a dormir un rato.

—Por supuesto.

No sabía qué otra cosa decir. El baño la había puesto de un humor tan amable que ni siquiera la rueda hundida la molestaba. El silencio del desierto era paz para su alma y había venido a buscarla. La voz de Katharine estaba lejos y sería así por un rato más del planeado. De nuevo, sentía que estaba allí donde quería estar, incluso si debía pasar una noche en el medio del desierto. Estaba con Max, se sentía a gusto con él, se divertían, se mantenían en silencio acompañándose. No había fantasmas ni sueños que la atemorizaban, ni exigencias, ni impuestos que pagar. Era la paz del desierto y la amaba.

Los gritos alegres de Max y el chofer la despertaron. Salió del auto de inmediato y vio un camión Ford T con catorce pasajeros y al beduino del Cuerpo de Camelleros agitando su rifle. Hacían un ruido infernal pero le causó una felicidad extrema. No había pasado ni una hora desde que se había ido y ya estaban salvados.

Max corrió hasta ella y cuando la sostuvo en sus brazos la besó en los labios. Fue un beso alegre y despreocupado, entre dos que vivían una aventura y se permitían libertades que en cualquier otro lugar serían imposibles de pensar. Le gustó el beso y supo que a Max también le había gustado. La sonrisa que no se le borraba del rostro era la mejor prueba de su entusiasmo.

Max le dijo que ya era demasiado tarde para emprender el camino a Bagdad y debían volver a Kerbala y probablemente dormir una vez más en la cárcel. Agatha le dijo que no había problema, solo que esta vez quería que le consiguiera rosas para ella. Max prometió hacer lo posible.

Una noche más en Kerbala fue el regalo del desierto para Agatha. Una luna inmensa, el canto de las ranas y el aroma de las rosas recién regadas.

8

Fragmentos de cerámica

Max demoraba la llegada a Bagdad lo más posible. No sabía si Agatha lo notaba y se hacía la distraída o pensaba que realmente era parte del viaje. En cualquier caso, le gustaba que ella no se preocupara por el retraso y disfrutara del viaje juntos.

—¿Esta sirve, Max?

—No, esa es romana. Demasiado temprana para nosotros.

Agatha le enseñaba un trozo de cerámica que alguna vez había sido una vasija de aceite. Había cientos de ellas, completas, en las salas de guardado del Museo Británico. Se conseguían en toda Europa y el Mediterráneo Oriental, los romanos habían sabido dejar sus marcas. Pero no eran las marcas romanas las que interesaban a Max. Eran las súmeras, las acadias, las persas y más allá, las marcas que no tenían palabras, la prehistoria. Los *tell*, esos montones de arena, palacios derruidos, cementerios, casas de gente común esparcidos por todo Irak, ocultaban en sus cimientos civilizaciones que no habían llegado a la escritura pero que habían dejado marcas.

—¿Y esta?

Max miró las manos de Agatha. Tenía tres fragmentos, uno blanco con líneas rojizas y diagonales le interesó mucho. Fragmentos de esas cerámicas podían encontrarse en varios *tell* y por el momento nadie había explicado la recurrencia de esos hallazgos. Woolley y los demás estaban tan concentrados en hallar tesoros para los museos y las universidades que no se detenían en los pequeños fragmentos que no contenían escritura. Alguien había hecho esas cerámicas, alguien que pertenecía a una sociedad que conocía la alfarería, seguramente la agricultura y que tendría prácticas religiosas. Max quería llegar hasta allí, hasta los niveles más profundos de los *tell* y ver qué secretos ocultaban.

—Ese fragmento con inscripciones es una tablilla. Habla de unas vasijas para el rey de Babilonia, consérvalo.

—¿No sería importante para el Museo?

—Tenemos varios como esos y en mucho mejor estado. Son simples envíos de tributos a Babilonia. Esta debió ser una ciudad dependiente. No estamos tan lejos. En algún lugar por aquí debajo debió haber un almacén.

Hablaba y rascaba el suelo con el pie, tratando de ver si encontraba algo más.

—Ahora, si encuentras algo con dibujos me avisas enseguida.

—Entendido —dijo ella haciendo una venia militar que le hizo reír más todavía.

¡Qué mujer sencilla era Agatha! Y cuánto disfrutaba de su compañía.

Allí, solos, a unas cuantas millas de Bagdad, parecía más interesada en juntar fragmentos de cerámica para él que en escribir libros de misterio. Estaba como una niña juntando piedritas del suelo, solo que el suelo estaba bastante elevado del terreno y desde allí podía divisarse el horizonte y otros *tell* como ese. Le notaba especial predilección por los fragmentos esmaltados en azul, verde, turquesa y dorado que poco tenían que ver con su propio interés, pero no podía negar que eran bellos. Llenaron una bolsa grande de algodón que ubicaron en el asiento delantero que había quedado libre porque Max insistió en dejar al soldado del Cuerpo de camelleros en Kerbala. Había sido de gran utilidad en Ujaidir pero era demasiada compañía en el viaje.

Con un puñado de fragmentos en mano, le explicó la importancia de algunos trozos de cerámica que habían juntado y lo interesante que había sido el último *tell* que habían visitado. Le contó que soñaba con ser él mismo el director de una excavación pero que le faltaba conseguir el dinero suficiente como para hacerse interesante para un museo o una universidad. Por el momento, seguía siendo el segundo arqueólogo de la ciudad de Ur.

Cuando divisaron los pueblos cercanos a Bagdad, Max cambió de expresión. Agatha había vuelto a dormitar. Al parecer, podía dormir en cualquier lugar.

Era, en efecto, una mujer sencilla.

En Bagdad, la reina Katharine, con su sombrero como corona y sus pedidos extravagantes, estaría golpeando el suelo de su habitación de hotel preguntando a los gritos dónde estaban. No se había molestado en telegrafiar desde Kerbala para no tener contacto con ella. Agatha tampoco había sugerido telegrafiarles para explicar el retraso. Habían llegado a entenderse perfectamente sin necesidad de decir que Katharine tenía un carácter dominante y que era muy difícil de tratar. Seguramente Whitburn estaba recuperando el lugar de favorito y si eso implicaba no tener que buscar y aplicar sanguijuelas, entonces estaba convencido de que salía ganando. Y, más todavía, pensó justo al llegar al hotel Maud: dejar de ser el favorito implicaba pasar más tiempo con Agatha.

—No puedo creer que llegamos —dijo ella acomodándose en el asiento.

Él suspiró sin saber qué decir. Estaba cansado de tanto viaje y un poco triste por el final de esa pequeña aventura.

—Mis amigos de Alwiya deben haberme dejado mil invitaciones —murmuró ella, casi como si estuviera quejándose.

—Seguramente. Te ayudaré a bajar las valijas y ver que esté todo bien en tu habitación. Luego iré a ver a los Woolley.

—¿Supiste algo de ellos?

—Nada hasta ahora. Pero ya lo sabremos.

—Ya lo sabremos. Ayúdame a bajar que tengo una pierna dormida.

Tomarle la mano se había convertido en un gesto frecuente. Siempre tenía la piel ligeramente fresca, aunque hiciera mucho calor como hacía en Alwiya, la colonia inglesa, y en todo Bagdad. Fue una sensación agradable, como la de pisar descalzo el pasto húmedo. El corazón le latió más fuerte al recordar el pasto húmedo y el lago que pronto desaparecería en el desierto de Irak y las palmeras...

—¿Está todo bien? —le preguntaba Agatha desde el centro de la habitación.

Sin pensarlo, había abierto canillas y revisado el excusado. El Hotel Maud era de los mejores pero cualquier cosa podía pasar en Bagdad, como encontrar culebras saliendo de algún rincón del baño.

—Está todo bien.

—Perfecto —dijo ella y caminó hasta él con las manos llenas de fragmentos de cerámica de colores. Depositó los fragmentos en el lavabo y los limpió con cuidado.

—Tienes buenas manos. Podrían servir para una excavación arqueológica.

—¿De veras? —preguntó ella alzando una de sus manos y ubicándola a contraluz—. Siempre me parecieron algo toscas, pero me ayudan a pagar las cuentas de Ashfield y soy feliz.

—¿Ashfield...?

—Mi casa en Devon. Allí nací. Vivo entre Londres y Devon.

—Debe ser hermoso Devon en verano. Nunca estuve allí.

—Es hermosísimo. Hay muchos lugares para bañarse en la bahía de Torquay, deberías ir a visitarnos algún día. Nos encantaría recibirte.

—Seguro que sí —dijo Max entusiasmado y buscando en sus bolsillos una forma de agradecerle.

—Aquí hay más fragmentos de cerámica —dijo con torpeza.

—¿Fragmentos?

—Noté que te gustaban los más coloridos así que fui reuniendo unos cuantos. No serán de importancia arqueológica...

—¡Ah, pero son tan bonitos! —dijo ella entusiasmada, sacándoselos de las manos, como si fueran tesoros. Ni siquiera se había sacado la chaqueta que había usado durante el viaje y estaba lavando los fragmentos que habían recogido en los *tell* con tanta pasión como Katharine reconstruía la diadema de la reina Shub-ad.

—Por supuesto que las coronas son bellas —siguió Agatha— pero estos fragmentos hablan tanto. Cuentan historias, ¿no? Alguien los usó para algo y son tan valiosos como una corona o una copa... ¿Crees eso o piensas que soy tonta?

—Jamás podría pensar que eres tonta —respondió casi extasiado. Se estaba dejando llevar por la emoción y no sabía bien en qué lugar terminaría.

—Bueno, porque pienso más que eso. Pienso que estos trocitos de cerámica, o una piedra o una pluma brillante de un pájaro son más bellos que cualquier esmeralda o brillante. Que ellos son los verdaderos tesoros de la vida... ¿y ahora?

—¿Ahora? —preguntó él sin entender nada, casi mareado por lo que sentían.

—¿Piensas que soy una tonta?

—¡Claro que no! Eres extraordinaria. Lo dije en serio la primera vez y ahora también.

—Te creo —dijo ella resuelta—. Eres un hombre honesto, Max Mallowan. Voy a poner esto sobre la cama para que se seque.

En un impulso, Max se quitó el saco y lo colocó sobre la cama. Agatha pudo colocar allí sus verdaderos tesoros y contemplarlos a gusto. Él observaba la escena con detenimiento para retrasar el encuentro con los Woolley. Sentía una emoción intensa en el cuerpo, como si algún sentimiento tan antiguo y poderoso como los dioses súmeros se hubiese apoderado de él. Le gustaba, no peleaba contra él. Agatha era maravillosa.

Golpearon a la puerta y con una sonrisa dulce fue a abrirla. La sonrisa se le borró de inmediato.

Katharine estaba frente a él a punto de explotar.

—Veo que ya llegaron —le dijo sin saludar.

—¡Hola Katharine! ¡Leonard! —saludó Agatha caminando hasta ellos.

—Por suerte tengo gente que trabaja para mí mucho más eficiente que tú, Mallowan. ¿Qué pasó? Espero que una tribu de beduinos los haya atacado y secuestrado para justificar este retraso.

—El auto se atascó en la arena, no pudimos seguir y tuvimos que regresar a Kerbala —explicó Max con dificultad.

—¿Y qué sucedió para que el auto se hundiera? ¿Cómo no pudiste resolverlo?

—Sucede que no puedo resolverlo todo —dijo muy exasperado.

—¡Eso es inaceptable!

—¡Katharine, fue un accidente! —protestó Agatha a su lado.

—¡Que no debió haber ocurrido! La misión de Max era traerte ayer para salir de viaje. Ahora debemos posponer todo un día más.

—No hay nada que posponer —dijo Agatha tratando de complacerla—, puedo armar todo perfectamente ahora.

—Ah, claro que no. Las cosas se harán de manera apropiada. Gracias a Max, ahora serán apropiadas de una manera distinta. Esto es inconcebible, ¿sabes el dolor de cabeza que tuve ayer? Whitburn es un inútil que no sabe aplicar sanguijuelas.

—Agatha, ¿cómo estás? —preguntó Leonard para disminuir la violencia de las palabras de Katharine.

—Muy bien, Leonard, gracias por preguntar —dijo Agatha—. Ha sido un viaje estupendo y Max el mejor guía que uno puede pedir. Lo disfruté muchísimo. En cuanto a la demora, no creo que sea problema. Soy capaz de dormir en cualquier lugar. No nos retrasemos, por favor...

Max desvió la mirada hacia su jefe. Leonard miraba a su esposa y luego a ellos dos. Katharine movía la cabeza. Las cosas se harían como ella decía.

A Max le zumbaban los oídos con la voz de la mujer. Había pasado unos días tan placenteros con los ruidos escasos del desierto y la voz dulce de Agatha como compañía. Se sintió tan fastidiado que le hizo falta toda su serenidad para no salir del hotel ese mismo día y dejar la expedición de Ur para siempre.

—Agatha está cansada —dijo con suavidad para evitarle la escena—. Si ya está decidido que partimos en dos días, recomiendo dejarla tranquila para que se acomode y duerma. Arreglaremos cualquier inconveniente en mi habitación.

—Claro que la dejaremos tranquila pero vendremos a buscarte a las ocho para ir a cenar con algunos amigos arqueólogos y oficiales, Agatha. Muchos quieren conocerte, están muy entusiasmados con tus novelas. Haz un esfuerzo y luce bella. Te prestaría mi ropa pero no creo que te entre. Ponte un vestido ligero, la noche estará muy cálida. Vamos, Max, tenemos que hablar.

En la habitación de Max, Katharine habló durante media hora sobre la importancia de cumplir los horarios y que, de haberse comunicado con ellos, habrían enviado una expedición militar a rescatarlos. Él murmuró que no había sido para tanto y Katharine pegó un grito que lo avergonzó mucho. Leonard lo miró sin expresión y Max le devolvió la mirada con pena. ¿Qué clase de hombre era Leonard para aceptar tal comportamiento?

Escuchó el sermón de Katharine como soportaba los castigos del señor Ferrier en la escuela Rockeby. Con la cabeza mirando hacia el frente y sin decir otra cosa que "sí" o "no" mientras el maestro le decía que era el estúpido de la clase.

El recuerdo de la escuela lo hizo volver a una de sus primeras casas, en Kensington. En el jardín, Max había realizado desde pequeño sus primeras excavaciones: si hundía una cuchara con la fuerza suficiente, podía llegar a extraer platos rotos, unas cerámicas de la época victoriana que le parecían objetos muy antiguos aunque no tuvieran más que unos treinta o cuarenta años. Agatha habría sabido apreciar esos fragmentos. El recuerdo casi le hace sonreír frente al rostro furioso de Katharine. Hubiese sido muy peligroso mostrar otra cosa que arrepentimiento, así que desvió el rostro cubriéndose la boca con la mano y fingió un carraspeo.

Lo dejaron en su habitación recomendándole que no llegara tarde a la fiesta que habían organizado en el comedor del hotel. Max asintió con la cabeza hasta que cerraron la puerta. De inmediato, se echó sobre la cama así como estaba, con la arena del desierto encima. La cabeza le daba vueltas después del reproche de Katharine y deseó volver a estar en Kerbala con las ranas croando, comiendo cordero guisado y bebiendo té fuerte y caliente, acompañado de Agatha y su presencia suave y amable y su corazón alterado por los sentimientos que había descubierto.

Durmió todo lo que pudo para no parecer borracho durante la cena. Se vistió de gala todavía con sueño pero fue capaz de afeitarse sin lastimaduras. Se peinó y se perfumó. Antes de bajar al comedor se miró frente al espejo del baño y se preguntó si a Agatha le gustaría su aspecto, por primera vez prolijo y libre de la arena del desierto. La cena no sería aburrida, era la reunión final de varios arqueólogos, una vez finalizada la temporada de excavaciones, pero quería seguir hablando con Agatha. Bajó con la esperanza de sentarse cerca de ella.

Esperanzas que, por supuesto, Katharine destruyó. Agatha estaba sentada a la derecha de Leonard, y Max perdido en algún lugar en la otra punta de la mesa. No había manera de conversar con Agatha a menos que fuera a través de mucha gente o en una conversación general. Se contentó con hablar con un alemán que había estado excavando en la ciudad de Uruk.

De vez en cuando, se perdía en Agatha. Era la estrella de la cena. Estaba muy bella con su vestido de fiesta y su prendedor de brillantes en el hombro. Max se preguntaba si ella estaría prefiriendo en ese momento llevar un pedazo de cerámica en el hombro en lugar de ese broche de piedra transparente y plata.

Ella se expresaba con suavidad, como lo había hecho durante todo el recorrido por el desierto, pero también con firmeza. Hablaba de sus libros, de las publicaciones, de los misterios, de su método de escritura, de la admiración que recibía. Era una Agatha que no había conocido en el desierto, más profesional y más acostumbrada a la gente. Tenía el cabello arreglado en ondas, le sentaba muy bien, y los ojos azules le brillaban mientras hablaba. Una verdadera profesional de mejillas y labios rojos.

Cruzaban miradas de vez en cuando, pero Max tuvo la triste sensación de que ya no serían amigos como en el desierto. Katharine y Leonard la llevarían de un lado a otro en el viaje hasta Grecia y no volverían a hablar. Sintió ese desasosiego que dan las despedidas que nunca llegan a formalizarse.

La cena terminó y comenzó el baile. Las damas eran pocas y los caballeros demasiados. Leonard inició el baile con Agatha y después ella siguió de arqueólogo en arqueólogo sin pausa. Max se retiró sin mucho preámbulo hacia uno de los sillones ubicados sobre los balcones. En la noche, la silueta de Bagdad se recortaba bajo el cielo estrellado.

Agatha le dedicó una mirada o dos, pero si fue un intento de bailar con él, no hizo caso. No le gustaba bailar y menos en una fiesta auspiciada por Katharine después de semejante sermón.

Se quedó en el sillón, fumando y mirando Bagdad. Le gustaba el aire del desierto. Podía quejarse de la arena, pero una vez bañado y limpio en su traje almidonado, la extrañaba. La arqueología era su pasión y la arena, parte de su belleza. Las noches cálidas de Bagdad tenían su encanto pero la luna iluminando el zigurat de Ur no podía equipararse. Todo valía la pena, todo, por estar en Ur reconstruyendo la historia.

Katharine dejó de bailar con Whitburn para sentarse a fumar en un sillón al otro lado del salón. La vio despedir al arquitecto y le hizo una seña para que se acercase.

Max obedeció, por costumbre. No se sentó a su lado. No tenía ganas de ofrecerle esa cortesía.

—¿Pudiste averiguar algo? —le preguntó Katharine.

—¿Algo?

—No me hagas repetir las cosas.

Max desvió su mirada por el salón.

—No pude averiguar nada.

—¿Por qué?

—Porque uno no le pregunta a un extraño qué pasa en sus sueños. Y menos a un amigo.

—Ví que quedaron muy amigos. Me alegra mucho. ¿Y no escuchaste nada? Debiste dormir cerca de ella.

—No escuché nada.

—Veré qué puedo hacer durante el viaje. Espero resultados, Max. Lo sabes bien. Quiero resolver el misterio de Agatha.

—No hay tal misterio —dijo Max con aspereza.

Katharine lanzó una risa seca y se puso de pie.

—Todos tenemos un misterio, Max Mallowan. Solo hay que saber excavar.

La dejó irse. No tenía fuerzas para contradecirle. Se retiró pronto de la fiesta. No era una noche para él.

9

Una colección de recuerdos

Para salir de Irak había que atravesar el desierto en tren. Los ingleses habían trazado las vías en su protectorado con esmero y prolijidad. Pero el viaje era largo y tedioso y la locomotora hacía un ruido muy curioso: unos gemidos propios de una mujer llorando por un amor perdido. Agatha preguntó por el extraño sonido y le informaron que la mayoría de las locomotoras en Irak lo hacían. Cada vez que la locomotora salía de una estación se quedaba suspendida, escuchando el gemido. Una pobre mujer que ansiaba su amor.

El grupo de viajeros se dividió en dos: Max y Leonard se quedaron con un compartimiento, y Agatha y Katharine, en el otro. A Agatha le habría encantado que los arreglos hubiesen sido de otra manera pero había que mantener las formas, ya fuera en Irak o Inglaterra.

Pasaron primero por la ciudad de Kirkuk pero solo se detuvieron a desayunar. El destino principal era la antigua ciudad de Mosul. En un momento libre, Agatha vio con alegría que Max se acercaba para hablarle. Él le explicó que Mosul era una ciudad muy antigua, y que Jenofonte en su *Anábasis* había escrito sobre ella. Probablemente no fuera la misma Mupsil, sino una cuyos restos estaban a unas millas de distancia de la actual. Max estaba seguro de que la ciudad le gustaría mucho, si alguna vez tenía la oportunidad de visitarla. Katharine los interrumpió diciéndole a Max que ella ya le había contado eso a Agatha.

A pesar de todo, el carácter de Katharine se había suavizado un poco. Quizá fuera el viaje en tren, que Agatha consideraba mágico, o que no sufría de sus frecuentes dolores de cabeza; Katharine estaba fresca como una flor y hablaba con ella. Era evidente que Max había caído en desgracia, pero eso solo parecía ser un problema para Katharine. Max se la pasaba leyendo en su vagón.

Agatha volvía a admirarla. En la cena de despedida en Bagdad había podido ver a la bella Katharine moverse como si flotara entre los arqueólogos y hablar con ellos de igual a igual. Había llegado a estudiar en Oxford, pero había abandonado sus estudios por razones de salud. En cambio ella, la pobre Agatha, que jamás había recibido una educación formal, tenía que resignarse a bailar y reír ante sus comentarios sin mucho que agregar.

Se mantuvo en silencio gran parte del viaje. Un sueño con Archie la había puesto de un humor sombrío. Lo recordaba de manera extraña, como se recuerdan los sueños: Archie la miraba a través de un telegrama, vigilando su viaje por Irak. No había pensado en él en todo ese tiempo pero la partida de Bagdad la había hecho volver en pensamientos a Londres, a su vida. Se sentía como una mujer en permanente construcción, como si ella misma hubiese estado en ruinas y hubiese tenido que excavarse a sí misma en esos días que parecían siglos. El estrato de Ur era el más nuevo y el más interesante, el estrato de su divorcio le causaba angustia y tristeza, el estrato de Devon le traía paz. A menudo, cuando Katharine se callaba y la dejaba dormitar, cerraba los ojos y pensaba en Devon, en Ashfield, su casa, y en la bahía en la que solía nadar. Llegaría a su casa para la temporada de baños y la disfrutaría tanto como había disfrutado ese chapuzón en el lago junto a Max.

Bagdad quedaba atrás y los días de ser alguien reconocido también. Volvía a ser una simple mujer que viajaba en tren por el desierto y lo agradecía. Había logrado, gracias a su secretaria Carlo y a su representante, aparecer ante el público lo menos posible. Sus novelas tenían cada vez más éxito y la convocaban desde la BBC radio para que leyera sus cuentos. Los periódicos esperaban ansiosos una nueva crisis como la de 1926 para poner su retrato en la primera plana. El anonimato le hacía bien.

Por razones que ninguno de los dos hizo explícitas, ni ella ni Max mencionaron que el retraso del viaje fue a causa del baño en el lago. Cada vez que lo recordaba, el estómago le hacía cosquillas y las mejillas se le enrojecían. No le molestaba sentirse así. No había ningún problema, de hecho. Era lo más natural del mundo.

Cuando, años atrás, Archie le había dicho que quería divorciarse, y más aún, cuando ella entendió que la separación era irremediable, creyó que no volvería a sentir nada parecido por otro hombre. Con el tiempo, y las lágrimas, había descubierto que era probable que se sintiera atraída por otro hombre y disfrutara de su presencia. Sabía que esas aventuras en Oriente podían incluir algún romance. De algo estaba segura: no volvería a casarse. Quizá tuviera un amante, o dos. Pero no volvería a casarse. Esa certeza la hacía sentirse segura con Max. Era una barrera entre ellos que no podían saltar. Él tenía veinticinco años y seguramente deseaba formar una familia. Ella tenía treinta y nueve y solo quería vivir tranquila. Por suerte, no tenía que soportar las batallas entre sus sentimientos enfrentados.

Max era muy joven y no había peligro alguno. Según podía explicarse ella misma, había sido la soledad, la belleza del paisaje, el recuerdo de la noche anterior y su mente siempre lista para volar la que le provocaban esas reacciones que —casi— había olvidado. Se le ocurrió que quizá a Max le gustaría pasar una temporada junto a ella y Rosalind en Ashfield y lo invitó sin pensarlo. Se descubrió pensando en lo feliz que sería si él iba a visitarla. Lo llevaría a nadar, con los trajes apropiados, y luego le daría una buena cena, de esas que ella sabía hacer.

Lo que le molestaba era que no estaba tanto con él como le hubiera gustado. Katharine había suavizado su carácter pero seguía siendo la acaparadora de siempre. "Estamos entre amigas", decía ella, mientras la sostenía del brazo. Así, mientras Agatha pensaba que le hubiera gustado más pasear por el zoco de la ciudad de Mosul del brazo de Max, era Katharine quien la llevaba; Katharine, quien no podía concentrar su atención en un objeto por más de dos segundos.

Pasaron tres días en Mosul. Los negocios de la ciudad le brindaron los regalos para Rosalind y Carlo. No se sentía fascinada por los zocos de Irak. Olían mal y estaban atestados de gente que también olía mal. Había que regatear cada uno de los precios, cosa que Agatha detestaba y Katharine adoraba. No había telas interesantes para comprar porque las mujeres solían ir de colores tristes; ni muebles, solo especias —llevaba muchas para su cocina—, tiestos tejidos y cerámica pintada. Descubrió un lugar donde hacían unas zapatillas de dormir bordadas y eligió unas en tonos rosas y verdes para su hija. A Carlo le llevó un grupo de cinco tiestos con tapa, uno dentro de otro como esas muñecas rusas, que servían para toda ocasión. Carlo sabría bien qué hacer con ellos. Para su hermana Madge compró una especie de alfombra que ella especialmente le había encargado para colgar en la pared. Su hermana era una de esas mujeres victorianas que todavía atestaba las paredes de su casa de Abney Hall. Para su cuñado Jimmy compró unas pipas y se prometió instigarlo a comenzar una colección. Alguien en la familia debía fumar en pipa como Sherlock Holmes, ya que Hércules Poirot no lo hacía.

No quería llenarse de regalos para la familia. Recordaba divertida ese pasaje de *El hombre del traje marrón* que siempre le hacía reír porque había sido verdad: un hombre llevando unas jirafitas de madera tan inútiles como incómodas. Archie y ella se habían embarcado en un viaje alrededor del mundo con el coronel Belcher en una misión diplomática por las colonias inglesas. Rosalind era pequeña y la habían dejado con su madre y Agatha no podía confiar en nadie mejor para cuidarla. Eran felices en esos años, ninguna sombra extraña se interponía entre ellos. Archie era el hombre intrépido, piloto de avión, del que ella se había enamorado, y ella una tonta jovencita capaz de creer todo de su esposo. Las jirafitas y Belcher se convirtieron en protagonistas de *El hombre del traje marrón* un tiempo después y tuvieron un éxito considerable. Pero desde entonces se negaba a comprar demasiados recuerdos en sus viajes. Solo eran molestias.

Un viaje, había aprendido Agatha, consistía en una colección de recuerdos, de imágenes grabadas en la cabeza. Lugares que quedaban en uno y en los que uno quedaba. Probablemente no volviera a recordar a la gente que había conocido en Bagdad, pero seguramente nunca olvidaría el primer atardecer en el zigurat de Ur, con la piel erizada, o el baño en las aguas cercanas al castillo de Ujaidir. Así como su hogar en Torquay, esos lugares ya formaban parte de ella misma, de sus recuerdos.

Las compras en Mosul le trajeron nostalgia de su hogar. Estaba en la mitad de su viaje pero ya tenía ganas de volver. O quizá fuera la compañía que se hacía tediosa. El viaje en tren era aburrido, largo y con un paisaje pobrísimo. Entre Bagdad y Mosul no había más que arena y el río Tigris, pálido y poco agraciado. Los caseríos que se podían ver desde el tren eran todos iguales: líneas rectas, puertas con arcos, paredes blancas. Solo al atardecer cambiaba todo y se incendiaba de amarillo, durazno y naranja. Era el momento en que lograba relajarse y no le importaba la charla de Katharine —aunque disfrutaba más cuando se quedaba dormida.

Cuanto más tiempo pasaba con ellos, más confundida se sentía Agatha. ¿Qué clase de matrimonio era el de los Woolley? ¿Por qué Leonard parecía siempre al margen de los caprichos de su esposa? No los incentivaba, al contrario, pero tampoco los detenía. Permanecía al margen de ellos, como si fuese algo que no tuvieran que ver con él. Dejaba que el resto de los hombres se ocupara de ellos, como si no fueran sus problemas. Se creaba un ambiente tenso, abierto a sospechas. En la fiesta en Bagdad lo había percibido. Miradas de suspicacia cada vez que Katharine pasaba, miradas de burla cada vez que Leonard se alejaba. Agatha se mantenía al margen, observando al matrimonio. Le gustaba el misterio más que la resolución. Estaba casi segura de que ahí había una historia.

La salida de Mosul entusiasmó a Leonard. No siguieron en tren sino en automóvil. Se despidieron de la ribera del Tigris y fueron hacia el oeste, otra vez hacia el río Éufrates. Iban al encuentro de un jeque nómada, amigo de Leonard, llamado Basrawi, que los recibiría en su campamento en medio de la estepa. Dejarían el protectorado británico de Irak para ingresar en Siria, zona bajo el control de los franceses.

Agatha miraba todo deslumbrada. Buscaba a Max y sus explicaciones, pero no había que ser muy inteligente para notar dos cosas: el calor había cedido —el clima se había vuelto mucho más húmedo, incluso había nubes en el cielo— y el paisaje estaba repleto de esos túmulos que los arqueólogos llamaban *tell*. ¿Cuántas culturas había allí esperando a ser descubiertas, llenas de tesoros y misterios con que llenar los diarios ávidos de noticias?

El camino dejó de ser una planicie seca. Las elevaciones podían causar esa extraña sensación de vacío en el estómago y las quejas de Katharine. De vez en cuando, los choferes perdían el camino pero lo volvían a encontrar. Atravesaban vados que parecían demasiado profundos para el auto. Se detenían en algún *tell* que Leonard y Max encontraban interesante. Recogían muestras que Katharine iba acumulando en una bolsa de algodón. Agatha, por su parte, juntaba los restos de cerámica vitrificada más brillantes que encontraba.

En uno de esos *tell*, el de la ciudad de Nimrud, Max se acercó muy despacio hasta ella y le entregó un pequeño cuenco verde y azul, decorado con motivos de leones.

—Hemos encontrado varios de ellos por toda la zona. Una moneda de la época persa, hay muchísimas de ellas por esta región, me pareció que te gustaría. ¿Quizá para un broche?

Agatha la aceptó con una sonrisa. No quiso hablar: estaba segura de que iba a ruborizarse. La moneda era perfecta para un broche y estaba dispuesta a transformarla al llegar a Londres.

Llegaron al campamento del jeque al atardecer. De nuevo, Agatha se quedó sin aire. No tenía idea de cómo se llamaba el lugar, nadie lo sabía. Era un lugar entre Mosul y Alepo, la antigua ruta de las caravanas que unía a las ciudades del sur de la Mesopotamia con el mar Mediterráneo.

El paisaje era bello. El cielo ya no era durazno, sino rosado y violeta y parecía que las nubes pronto se convertirían en una tormenta. Se escuchaba en el aire a las ovejas del jeque y a sus hombres reuniéndolas en los establos. El campamento tenía una casa baja, hecha de material, casi hundida en la tierra, pintada de blanco, con ventanas muy pequeñas. A la distancia podían verse algunas tiendas hechas de una tela negra y sostenidas en forma de triángulo. Hacia el este podía adivinarse un *tell*, Agatha había aprendido a diferenciarlos de las suaves colinas de la región. El suelo estaba cubierto de pasturas y, dispersas en la distancia, se podían ver las ovejas que cuidaban los hombres del jeque cubiertos con un turbante a rayas, en blanco y azul.

El jeque Basrawi salió de la casa a los gritos y recibió a Leonard con un abrazo. Todo el tiempo le habló a él, demostrando que era un hombre más de la zona y que hablaba con el hombre más importante del grupo y siempre en árabe.

Comieron dentro de la casa, que no tenía sillas ni mesas, sino alfombras y almohadones. Habían sido tejidos con lana de esas mismas ovejas que habían visto al llegar. Se sentaron sobre los almohadones. Y tal como Agatha imaginaba, le sirvieron una comida espantosa.

Agatha debió sospechar que ese era el comienzo de una noche difícil. Pero estaba tan encantada con el atardecer que había visto que no supo leer las advertencias: la mala comida, la poca atención que le estaban prestando a Katharine, los truenos que se escuchaban a la distancia...

Después de comer, se bañó en un cuarto que solo tenía una silla, una jarra enorme de agua y una palangana. Cualquier cosa era mejor a sentir la tierra del viaje, así que se enjabonó bien y dejó correr el agua por donde fuera. Cuando salió de ese cuartito de baño, Max la esperaba preocupado, con el ceño fruncido y los brazos cruzados.

—¿Pasó algo?

—Tenemos un inconveniente con las habitaciones.

—Pero Leonard dijo que el jeque había arreglado todo.

—Sí, pero Katharine no está conforme con los arreglos.

—Oh, no.

—Sí. ¿Prefieres que te lo cuente todo o prefieres sorprenderte?

Agatha lo miró a los ojos muy divertida. Él le sostuvo la mirada y rio también.

—Bien, eliges la sorpresa —le dijo—. Prepárate.

10

El diluvio universal

En la pequeña casa del jeque Basrawi, Katharine tuvo la posibilidad de demostrar su carácter una vez más. Ya le parecía demasiado extraño a Max que fuera toda miel con Agatha. Katharine no era de esas mujeres que logra apaciguarse y disfrutar de lo que hace. Katharine necesitaba molestar a todo el mundo para sentirse a gusto.

Agatha era lo contrario. Max se imaginaba que sería una gran anfitriona. Solía quedarse al margen pero hacía sentir bien a todos, hablando cuando era necesario para que la conversación no decayera. Se había encontrado varias veces en el viaje deseando que ella lo invitara a su casa en Londres o a esa casa cerca del mar de la que hablaba tanto. Se imaginó en alguna de sus reuniones, de esas que los Woolley habían comentado que organizaba en Londres. ¿Sería una Agatha menos tímida, se relajaría más? ¿Vestiría con motivos griegos? Fantaseaba con esas reuniones por las noches, con un libro en las manos, la vista fija en las páginas y sin poder leer una línea. ¿De verdad se atrevería a dejar crecer ese sentimiento por Agatha? Por el momento la respuesta era afirmativa.

La visita por los *tell* entre Bagdad y Mosul había sido entretenida. Si bien Katharine acaparaba todo el tiempo a Agatha, Max había tenido tiempo de acercarse a ella para entregarle la moneda persa y hacerle un comentario sobre el sitio que estaban visitando.

En uno de los desayunos en el tren, Max vio a Agatha sola —por algún milagro para el que no buscó explicaciones— y se sentó junto a ella. La notó distraída y silenciosa, como si estuviera más entretenida en sus propios pensamientos que en el viaje o el paisaje a su alrededor. Tomaba notas en una libretita. Respondía a los comentarios que él le hacía, pero estaba distante, aunque no molesta.

En un momento, Max le tomó la libreta de las manos y le dibujó una serie de motivos prehistóricos que había estado estudiando la noche anterior junto a Leonard. Agatha se rio y lo dejó dibujar. Se había inclinado sobre él, para ver lo que hacía. Le encantó la mirada de esos ojos transparentes, interesada por completo en los diseños a lápiz que hacía su mano. Por lo que Max había podido ver —y entender a través de la rara caligrafía— era una historia que la escritora estaba imaginando. Se sintió parte de la futura novela de la señora Christie. Tomó la decisión de empezar a leer sus novelas cuando llegara a Londres. Terminó el diseño y le devolvió la libreta.

Justo en ese momento ingresaron Leonard y Katharine. Los dos se separaron con delicadeza, ocultando el gesto de confianza que había entre ellos. Por suerte, Katharine no había llegado a ver nada o enseguida hubiese querido dibujar ella misma en la libreta de Agatha. No era una mala dibujante, al contrario, era excelente. Pero no se trataba de eso. Era la intimidad entre los dos lo que trataba de reconstruir. Le gustaba Agatha y su presencia delicada.

La noche que pasaron en la casa del jeque y la que pasaron en Alepo puso en juego esa presencia sutil de Agatha. Por alguna razón, Max se sentía responsable de ella, como si debiera cuidarla, aun cuando el viaje por el desierto ya hubiese terminado.

En la casita del jeque, el problema fue la lluvia. Como en el tren, los cuatro habían determinado que Agatha y Katharine durmieran en la habitación más grande, y Leonard y Max en la más pequeña. Solo había unas pequeñas camas metálicas para dormir, pero era mejor que pasar la noche a la intemperie. Había empezado a llover como si se tratara de un segundo diluvio universal.

Las habitaciones tenían imperfecciones por igual y Max debió ir a buscar a Agatha hasta el baño para solucionar el inconveniente. En la más grande, una de las camas estaba mojada y tenía goteras en una de las esquinas. En la más pequeña, el techo parecía que iba a caerse de un momento a otro, tenía muy poca ventilación y las camas eran apenas unas literas donde dormir de espaldas.

Leonard sugirió que Agatha y Katharine durmieran en la habitación más pequeña y seca, mientras ellos dos se acomodaban en la otra habitación.

Katharine no se hizo esperar:

—Necesito —dijo con énfasis— la habitación grande y la cama buena. No podría dormir ni un segundo de otro modo.

Y sin dar más explicaciones, se fue hacia el lugar que había elegido: la habitación más grande, la cama más grande. El jeque había escuchado la conversación y hablaba al oído de Leonard en árabe, preguntándole qué pasaba.

Max miró a Agatha preocupado:

—No hay problema —le dijo ella en voz baja—. Corro mi cama unos metros y está solucionado. Usaré unos abrigos como mantas y estará resuelto. No creo que me moje.

—Por supuesto que no —dijo Katharine en voz alta como para dar a entender que los había escuchado—. No entiendo por qué Agatha debe quedarse con esa cama mojada. Es preferible que se vaya a la otra habitación contigo, Max.

Max abrió los ojos asombrado pero Leonard le ganó al decir:

—Pero no sería apropiado que...

—¡Por supuesto que sería apropiado! Es la mejor opción posible. Las dos damas consiguen las mejores camas. No veo otra solución.

Max se quedó pasmado pero Leonard negó con la cabeza. El jeque le preguntó a Woolley qué habían decidido y cuando escuchó, soltó una carcajada y dijo en árabe:

—¡Diviértanse! ¡Diviértanse! ¡Júntense como lo deseen! Alá es sabio y de cualquier forma el hombre es feliz.

Agatha no dijo nada, solo miraba fascinada a Katharine, como si hubiese dicho o hecho algo más que proponer que una mujer durmiera en la misma habitación con un hombre que no era su marido ni su pariente. Era 1930, no había dudas, pero la modernidad no llegaba a tal punto de sostener una conducta así. Eran un hombre y una mujer solteros que dormirían bajo el mismo techo como si fuera la cosa más normal del mundo. Max intentó protestar una vez más pero Leonard no le hizo caso, era como si se hubiese rendido a cualquier discusión con Katharine.

Y así fue que Max y Agatha compartieron la misma habitación en la casa del jeque Basrawi.

Max hizo tiempo para que Agatha pudiera prepararse para dormir. Cuando entró en la habitación, Agatha ya se había acostado y apenas le susurró un buenas noches. Él le respondió y se acostó mirando al techo y preguntándose cuándo caería sobre ellos.

Él estuvo leyendo un rato, con una luz muy mala, un libro sobre la ciudad de Nimrud. La luz de la lámpara proyectaba la sombra del libro que tenía sobre la espalda de Agatha. Jugó un rato, moviendo el libro de adelante hacia atrás. Debió quedarse dormido con el libro en las manos porque de pronto se despertó a causa de un ruidito constante. Trató de fijar la vista en los rincones, pero la lámpara de aceite apenas iluminaba la habitación. Tenía miedo de que una rata —o dos, o tres, o una familia completa— anduviera por los rincones y pudiera asustar a Agatha.

La voz pastosa y ronca de Agatha lo distrajo y se dio cuenta de que estaba teniendo una pesadilla. Se levantó rápido y fue hasta la cama. Se quedó paralizado cuando pudo escuchar bien clarito que ella decía:

—El hombre del fusil. Por favor. ¡No!

Max se angustió y sintió un frío terrible en el cuerpo. Hasta ese momento había dudado de lo que Katharine le había contado. Había imaginado que se trataba de alguna forma de historia suya, mezcla de verdad y mentira en la que su mente fundía datos para convertirla en protagonista de todo.

Pero ahí estaba, Agatha, pronunciando esa frase que formaba parte de sus obligaciones junto con las sanguijuelas. El hombre del fusil de Agatha Christie. Casi parecía una novela.

—Agatha —le susurró—. Agatha, despierta.

La tocó suavemente, pero enseguida empezó a moverla con más fuerza. Agatha estaba empapada. El ruidito que se oía, ahora podía verlo, era producto de las goteras que se habían formado en el techo gracias a la tormenta.

Ella se despertó asustada y ahogando un grito con las manos.

—Está bien. Todo está bien. Solo estás empapada, pero bien.

El techo había cedido y había goteras por todas partes.

Agatha lucía desesperada. Él, sin saber bien cómo consolarla, la abrazó muy fuerte, como protegiéndola de todo lo que podía molestarla: ya fuera la lluvia o un mal sueño. Ella no solo se dejó abrazar, sino que se prendió a él angustiada, buscando protección.

—Está bien... solo fue un mal sueño... está bien —le dijo acariciándole la espalda y suavizando la voz—. El techo cedió y te estaba cayendo agua encima. Y ahora yo también me estoy mojando.

Agatha se apartó de él para mirar al techo. Movió la cabeza y se rio a su pesar.

—Lo sé, es un contratiempo más. Imagínate qué estaría pasando si Katharine tuviera lluvia sobre su cabeza.

—Mejor no imaginar ciertas cosas...

—Lo mejor va a ser que juntemos todo y vayamos a desayunar. Nos tomaremos lo mejor del desayuno para nosotros. ¿Qué te parece?

—El desayuno es una de mis comidas favoritas del día.

—Vamos —le dijo tomándola de la mano para que se levantase.

Salieron de la habitación para descubrir que Katharine y Leonard estaban en iguales condiciones: abrazados a la ropa de cama y empapados. La furia de Katharine era notoria, así como el malestar de Leonard.

Se volvió hacia Agatha y descubrió una mirada de pena en sus ojos. Le sonrió enseguida: era claro que lamentaba mucho no haber llegado primero al desayuno.

El jeque Basrawi apareció enseguida, alertado por su gente del malestar de los visitantes y les ofreció, en compensación, una recorrida por sus tierras antes de partir. Todos aceptaron, más por cansancio que por entusiasmo.

Katharine se llevó a Agatha para arreglarse después del desayuno y Max quedó solo, librado a su suerte, hasta que todos estuvieran listos para partir. Fue hasta la entrada de la casa para disfrutar de la vista. El paisaje de las tierras de Basrawi era bello y, si lo obligaban a elegir, prefería mil veces la estepa de Siria que el desierto que rodeaba a Ur.

La tormenta había sido muy fuerte pero necesaria para las pasturas. Las ovejas tendrían hierba fresca y, los beduinos, sus rebaños contentos. En el horizonte se veían los *tell*. ¿Cuántas ciudades había allí debajo? ¿Cuánto tardaría él en conseguir la posibilidad de dirigir una excavación en uno de ellos y poder llegar adonde quería? La prehistoria era su pasión, ese momento en el que la escritura aún no existía pero había sociedades complejas. Por el momento debía callar, pero llegaría un día en el que ya no sería un joven que hacía cuentas, empaquetaba tesoros y colocaba sanguijuelas. Notó que la urgencia de ser otra persona había aumentado. Ya no era un deseo a futuro. Quería ser un hombre para Agatha, alguien digno de una escritora de misterios.

Cuando todo el grupo se reunió, Max se quedó unos pasos atrás, disfrutando de la soledad. Se concentraba en los *tell* que se veían al fondo, en todos los puntos cardinales. No era extraño. La zona era conocida por haber sido una ruta de caravanas comerciales cuatro mil años atrás. Beduinos nómadas como el jeque Basrawi recorrían la zona haciendo pastar a sus rebaños y comerciando con sus tejidos. Eso decían las tablillas que habían encontrado y eso hacían ahora. Sin mucho esfuerzo, podía imaginarse a los habitantes del mismo lugar, miles de años atrás, aprendiendo a controlar sus animales y a hacer intercambios con otras sociedades, a pelear con ellos, a compartir, a contraer matrimonios y formar alianzas.

Finalmente se separaron del jeque y su tribu con grandes abrazos y promesas de volver a verse.

—*Insh'Alla* —repetía el hombre a modo de despedida. "Si Alá lo dispone".

Los caminos no estaban buenos y se notaba que Agatha estaba incómoda en el auto. Quizá fuera el sueño lo que la mantenía pálida, con esa mirada triste, o las respuestas impacientes a las preguntas de Katharine.

De nuevo, se sintió responsable por su felicidad, como si algo lo obligase a encontrar aquello que la entristecía y desarmarlo para siempre. Agatha era una mujer bella, gentil, con un talento que empezaba a hacerla conocida en el mundo, y apenas se había quejado por despertarse empapada en el medio de la estepa entre Irak y Siria.

La incomodidad solo terminó cuando llegaron a la ciudad de Alepo.

La había visto miles de veces pero Alepo siempre le provocaba un estremecimiento que lo recorría desde la nuca hasta los pies. Una de las ciudades más antiguas del mundo, habitada desde hacía miles de años. Alepo era casi una diosa para Max, una ciudad que contenía a todas las ciudades del mundo, una ciudad modelo que permanecería a lo largo de los siglos y sería la última en desaparecer. El último vestigio de la raza humana en un futuro muy lejano.

Katharine le ordenó que entrara los baúles al hotel y Max, saliendo de su fascinación, le hizo caso. Estaban en otro país.

Siria era controlada por los franceses y el aire había cambiado de acento. Los cuatro se alojaban en el hotel Baron, donde fueron recibidos por el hijo del dueño, *monsieur* Coco Baron, un caballero muy curioso de cabeza redonda, piel amarilla y ojos muy negros. Coco Baron se deshizo en elogios al conocer la identidad de *madame* Christie y la gentil respuesta de ella en francés.

Madame Christie expresó su deseo inmediato de bañarse en agua caliente y *monsieur* Coco Baron la guió personalmente hasta las habitaciones y le indicó dónde estaba el baño, al final del pasillo. Max, que estaba entrando los baúles de Agatha a la habitación, observó que podía haber un problema...

Quince minutos después, en camisa y sin zapatos, Max escuchó que Agatha lo llamaba a los gritos. Él salió corriendo pero se detuvo en la puerta del baño, sin atreverse a entrar. Volvió a escuchar el grito de Agatha y entró, tratando de taparse los ojos.

La realidad era que Agatha continuaba vestida y toda la habitación estaba repleta de un vapor blanco que salía de las canillas. Precisamente, ese había sido el problema que Max había intuido. El baño era una mezcla de estilos orientales y occidentales, no por casualidad Alepo era conocida por ser una ciudad donde los caminos se cruzaban.

—¡Sale vapor de las canillas!

—Claro, a los sirios les gusta ese tipo de baño.

—¡No entiendo nada! —gritó exasperada Agatha sin moverse de su lugar.

Max tuvo que evitar la risa y la abrazó. El abrazo se había vuelto un gesto natural entre ellos. La pobre Agatha estaba exhausta y se le negaba un lujo que en Inglaterra era una obligación diaria. No sabía qué sería de su felicidad futura, pero decidió ocuparse de su felicidad inmediata: le dijo que fuera a su habitación, que él se encargaría de liberar la habitación del vapor y de colocar las canillas de manera que saliera agua de ellas.

Agatha suspiró y le agradeció con una sonrisa y otro abrazo. Salió de la habitación y Max pudo dedicarse a controlar la situación y preparar el baño para ella. Cuando estuvo satisfecho, fue a buscarla.

—¡Katharine!

—¿Ya está el baño listo? Voy a bañarme.

—Es para Agatha, tuvo problemas con la cañería.

—Se bañará después —dijo Katharine y cerró la puerta del baño detrás de ella.

Max cerró los ojos con fuerza para controlarse. La pobre Agatha estaría sucia y cansada en su habitación, esperando hasta que Katharine se dignara a salir de un baño que le correspondía. La impotencia lo ponía furioso, pero más todavía la descortesía. Agatha era la invitada de Katharine, una pasajera que honraba el viaje con su presencia y ella la trataba de esa manera.

No supo cuánto tiempo estuvo sentado en el suelo de su habitación, descalzo, en camisa, fumando para no salir y gritarle a Katharine que ese era el baño de Agatha y que ella no lo merecía. Se sintió mal, se sintió poco digno de una mujer como ella hasta el punto que le ardieron los ojos por la furia.

Escuchó que la puerta de la habitación de Agatha se abría y salió a su encuentro. La vio de la forma más adorable: en bata color malva, con una esponja debajo del brazo, decidida a bañarse.

—¿Qué pasó con mi baño? —le preguntó ella señalándole la puerta cerrada.

—Katharine está dentro —dijo él con voz grave.

—¿Katharine? Se suponía que ese baño estaba preparado para mí.

—Sí, pero ella quiso tomarlo. Y tú sabes cómo es ella —respondió Max haciendo énfasis en el "sabes".

Ella lo miró con una firmeza que no había visto antes. Le encantó. Los ojos azules estaban brillantes y determinados.

—Es muy injusto —dijo como si realmente se tratara de justicia.

—Sí, lo es. Pero aquí y ahora, estamos atados a lo que ella decida.

Agatha presionó la esponja debajo del brazo.

—No me gusta este aquí y ahora.

—A mí tampoco —dijo Max con absoluta sinceridad.

—Bien. Avísame cuando termine. No me gusta estar atada a la voluntad de la gente. Aprendí a amar mi libertad, incluso a mi pesar.

—Entiendo —respondió él casi sin voz.

La vio irse. No quería terminar con ella de ese modo. Era una tontería, pero no quería, no era su culpa. La llamó cuando ella estaba a unos pasos de su habitación.

—¡Agatha!

—Dime —dijo ella con la mano en el picaporte.

—Si me permites, quiero hacerte una invitación. Mañana quiero ir a ver Qal'at Sim'an, siempre lo hago cuando vengo a Alepo. Creo que te gustará mucho. No quiero contarte demasiado porque vale la pena sorprenderse. Me gustaría llevarte, si no tienes otros compromisos.

—No los tengo por ahora. Pero como dijiste, estamos atados a Katharine. Veremos qué desea mañana. Hasta entonces no puedo ofrecerte una respuesta.

Max asintió y volvió a su habitación con amargura. Se sentía merecedor de ese desprecio, delicado y gentil, que Agatha le había hecho.

11

Una belleza inesperada

—Ay, por favor, qué mal me siento.

Estaban los tres alrededor de la cama de Katharine adorándola como a una sacerdotisa en el éxtasis de su trance.

—¿Quieres que encargue más sanguijuelas?

—No podría soportar más sanguijuelas, Leonard.

—¿Quieres que llamemos a un médico? —preguntó Agatha con una cortesía obligada.

—¿En Alepo? ¿Un médico que sepa atenderme? Imposible. Además, apenas tengo fiebre.

—No te sentí con fiebre —murmuró Agatha que le había tocado la frente y la nuca hacía unos minutos.

—Antes de que llegaras tenía fiebre. Está bien. Déjenme sola. No soporto que estén entrando y saliendo de la habitación, desesperados por mí y sin saber qué hacer. O muero o la fiebre finalmente se irá. En todo caso, quiero estar tranquila, sin que nadie me moleste.

Agatha tomó del brazo a Leonard y lo llevó al pasillo. Max se quedó con Katharine por si necesitaba algo.

—No sé qué hacer —murmuró él.

—Soy igual cuando estoy enferma —le dijo con verdadera amabilidad—. No tiene fiebre, te lo aseguro. Si tuviera no estaría protestando tanto. Puede que solo sea cansancio. Si tú te vas a tu habitación y descansas también, quizá todo se tranquilice. En cualquier caso puede llamarte o llamar a un criado.

—¿Tú y Max tenían planes?

—Max sugirió visitar el Qal'at Sim'an, dice que es muy bello.

—¿No sabes nada de ese lugar?

—Nada.

—Mejor así —afirmó con ojos luminosos Leonard—. Te sorprenderás.

—Eso dijo Max. Veo que es un lugar prometedor. ¿Quedamos así, querido Len? Volveremos por la tarde. Katharine ya estará descansada o ya habrás llamado a un médico. Y entonces te dejaré libre y me dedicaré a entretenerla.

—Así será, Agatha querida. Ve con Max, no te preocupes.

Leonard le besó la mano y la dejó.

Después de un rato, apareció Max con rostro exasperado. Sin embargo, no dijo nada con respecto a Katharine. Agatha se limitó a seguirlo. Parecía enfadado, superado por las circunstancias y había aprendido que era mejor dejar a un hombre tranquilo en esos momentos.

—¿Nos encontramos en una hora en el vestíbulo del hotel? —dijo él tratando de serenarse—. Ordenaré que nos preparen una canasta para almorzar en el lugar.

—De acuerdo —dijo ella sonriéndole.

Agatha llegó al vestíbulo antes que Max y se sentó a esperarlo. Tenía el corazón agitado y miraba a su alrededor con alegría. El hotel era hermoso. Una mezcla entre lo occidental y lo oriental, como le habían señalado las canillas. Pero más allá de ese comienzo complicado, la arquitectura era bella. Los pisos en damero blanco y negro relucían junto a la gran escalera de mármol que conducía a las habitaciones. Las arcadas y ventanas copiaban los arcos clásicos de la arquitectura de Oriente, pero los muebles eran occidentales. Voces con acentos árabes, ingleses y franceses llegaban desde las escaleras y las puertas y se mezclaban en los oídos de Agatha, que miraba todo con placer. Coco Baron la saludó desde lejos.

Estaba muy ocupado con unos franceses que recién llegaban. Por el polvo que traían y las cajas, Agatha dedujo que también eran arqueólogos.

Max apareció con una canasta y una sonrisa justo cuando ella empezaba a preguntarse por él.

—¿Lista para la excursión?

—Lista —dijo ella levantándose—. ¿Pasaste por...?

—No. Asumí que si no me habían llamado era porque estaba todo igual que antes o bien Katharine había muerto. En cualquier caso, vamos rápido antes de que me llamen.

Agatha rio muy a su pesar, le habían enseñado a no reírse de la muerte. Max se había puesto de buen humor y se le contagió. Se subieron a un auto alquilado y emprendieron el viaje.

Max la llevó por las callecitas de los barrios de la ciudad. Agatha, de nuevo, se sentía maravillada. Alepo, además, movilizaba su espiritualidad porque por todas partes podían verse signos de la religión cristiana de la época de las Cruzadas. Como ciudad entre caminos, Alepo también acogía varias religiones que convivían bajo el control de los franceses. Era el mundo que se había conformado después de la Gran Guerra.

Dejaron la ciudad y el paisaje se transformó en colinas verdes llenas de amapolas rojas. Las suaves pendientes contra el cielo de un celeste profundo la animaron mucho. Adivinó algunos *tell* en el camino y le preguntó a Max si a la vuelta podían buscar alguna cerámica. Él sonrió y le dijo que justamente pensaba hacer eso. Agatha le devolvió la sonrisa, agradecida. Le gustó darse cuenta de que sus sentimientos no batallaban como en Ur. Algo había cambiado después de esa noche de lluvia en la casa del jeque Basrawi. El abrazo de Max la había hecho sentir feliz.

Después de un largo viaje, tuvo su sorpresa. Hacía más de tres semanas que veía arquitectura árabe, persa, súmera, y se había acostumbrado a ella, como algo habitual y necesario. De pronto se encontró con una belleza inesperada: una iglesia cristiana en ruinas.

Qal'at Sim'an apareció ante ella sin que Max le advirtiera nada. El nombre, claro, la había engañado.

—¡Max! Qué magnífico lugar. ¿Eso es Qal'at Sim'an?

—Eso es "El castillo de Simón". Estamos en zona Siria, así que el cristianismo aquí fue mucho más fuerte que la influencia de Irak, sobre todo gracias a las Cruzadas. Fue construida en el siglo V de nuestra era.

—¡Hemos llegado a nuestra era!

—Así es —rió Max—. La primera intención de los constructores fue erigirla en honor a San Simón Estilita. Un anacoreta muy peculiar. Uno de los Padres del Desierto.

—No me imaginaba nada como esto cuando me invitaste a venir aquí.

—Espera a que lleguemos y quedarás más sorprendida.

Agatha obedeció a Max. Cuando estacionó el automóvil cerca de la iglesia, seguía sin palabras. El edificio no tenía nada que envidiar a los otros que había visto en su viaje. El castillo de Ujaidir, el zigurat de Nippur, la excavación de Ur, el campamento de Basrawi, todo la había emocionado. Pero había algo espiritual en Qal'at Sim'an que estaba afectándola más de lo que podía llegar a suponer.

Bajó del auto de la mano de Max y él la llevó a recorrer las ruinas.

Max explicaba, con esa voz grave y firme que usaba para explicarle todo lo que amaba, la historia de la Iglesia de San Simón. El santo había nacido en Cilicia, región cercana a Alepo, y había sido uno de esos primeros cristianos anacoretas del desierto capaz de llenar el aire de historias extravagantes.

—Simón, en particular, era famoso por sus milagros. La gente lo buscaba, lo rodeaba. Y él lo único que quería era estar solo, hacer penitencia y conseguir la iluminación de Dios.

—Lo entiendo, pobre Simón.

—Así que un día se cansó de vivir rodeado de gente. Y se hizo construir una columna.

—¿Cómo?

—Una columna, para subir y vivir allí tranquilo. Vivió en su columna por treinta y siete años.

—¿Y cómo comía?

—Le subían comida a través de una soga.

—Increíble.

Max siguió.

—El pobre Simón no pudo alcanzar la soledad que buscaba. Cuando la gente se enteraba del santo que vivía en una columna, venían a verlo. Incluso los emperadores romanos venían a buscar su consejo. Cuando murió, los restos del santo fueron a parar a Antioquía, pero su fama había trascendido las fronteras. Los cristianos de Alepo decidieron construir un *martyrium*, una iglesia en forma de cruz dedicada a venerar a uno de los santos del desierto.

—Debió ser hermosa con el techo sobre las paredes.

—Aún creo que es hermosa —dijo Max—, con sus imperfecciones. Cuando los musulmanes invadieron Alepo quedó abandonada y nunca fue reconstruida. Aquí estamos en el centro del complejo y al aire libre, bajo este cielo casi azul. Eso que ves ahí es la base de la columna de san Simón. La trajeron especialmente para este templo.

Agatha miró hacia los cuatro costados. Ellos estaban en un centro de ocho lados a partir de los cuales salían cuatro edificios. El techo se había perdido hacía mucho tiempo, pero las gruesas paredes se mantenían firmes. Los arcos y las ventanas ya no tenían el centro característico de la arquitectura oriental. Podía mirarla desde cualquier ángulo y la reconocía como una antigua iglesia en el campo inglés o escocés.

Caminaban de la mano entre los pedazos de muro que habían caído. Subían y bajaban en silencio, como si estuviesen en una iglesia y el pastor estuviese por aparecer en cualquier momento. El pasto había crecido entre las columnas caídas pero todavía se podía escuchar en el aire a los monjes que habrían cuidado el templo. El tiempo había erosionado las hojas de las columnas corintias pero aún podían verse con claridad. El esplendor de la basílica formada por otras cuatro basílicas —curioso esplendor para un eremita— todavía estaba allí. Eso era Qal'at Sim'an. Un enorme monumento para alguien que había decidido vivir su vida en una columna.

—¿Escuchas eso? —preguntó Agatha.

—¿Qué cosa?

—Los pájaros. No me había dado cuenta de que no escuchaba pájaros desde mi llegada a Irak. Y creo que no me sentía tan bien desde que llegué a Oriente.

—Lo sabía —dijo Max satisfecho.

—¿Qué sabías?

—Que ibas a amar a Siria tanto como yo. Algún día, Agatha, seré el arqueólogo en jefe de una excavación. Alguno de estos *tell* que ves a la distancia será excavado por Max Mallowan.

—¿Y su esposa? —preguntó ella con una espontaneidad de la que se arrepintió enseguida.

Por suerte Max no lo tomó mal. Al contrario, la miró con intensidad.

—Ojalá. Claro que sí. Una esposa que me acompañe en las excavaciones, sería la mejor de las vidas. Pero basta de historia, por ahora —dijo resuelto—. Vamos a almorzar sobre esa colina llena de árboles.

El almuerzo fue el mejor que Agatha tuvo en varios días. Queso de cabra, pan fresco, té fuerte y caliente, aceitunas y frutas. Hacía calor pero la sombra de los cipreses los acobijaba y, además, les ofrecía el canto de los pájaros.

Después de comer Max se estiró para descansar un rato. Agatha se entretuvo tomando notas en su libretita, ideas que iban y venían para una futura novela. De repente, dejó de escribir.

—¿Max, estás tarareando "Jerusalén" de William Blake?

Él rio y se incorporó. Le tomó la libretita de entre las manos y observó lo que había escrito. Agatha lo miraba con interés. Ya eran amigos, puesto que jamás le habría dejado a nadie leer sus libretitas de apuntes para novelas. Él extendió la mano sin mirarla. Ella comprendió y le dio el lápiz. Max sostuvo su mano un poco más de lo necesario y ella disfrutó el contacto. Estar cerca de Max le hacía sentir bien, como la calma después de una terrible tormenta.

Después de soltarle la mano, Max le explicó:

—Me eduqué en el Lancing College, en Sussex. Un colegio estricto, violento. No me gustaba estar allí. Pero cada vez que vengo aquí recuerdo cuando cantábamos "Jerusalén" de Blake. Lo he escuchado en tantas ocasiones, en tantos lugares, pero siempre viene a mí la versión de Lancing. Éramos trescientos niños capaces de las locuras más grandes y en la iglesia cantábamos ese himno y parecíamos angelitos. Teníamos un organista, que era soberbio y alguien, no recuerdo quién, tocaba el clarín. El coro iba *in crescendo* y por más que uno fuera un diablito, la emoción del himno, la grandiosa capilla de la escuela, te volvía un ángel. Cada vez que vengo a Qal'at Sim'an siento esa misma emoción.

—¿Quieres que la cante para ti?

—¿Cómo?

—No hay nadie alrededor, si quieres puedo cantarla.

—Sí, claro...

Pudo ver la duda en la cara de Max, pero no se dejó asustar. Era un amigo, quizá algo más que eso según le decía su corazón, y no le daba miedo cantar para él. Tomó un poco de té para tranquilizar la garganta y cantó la canción familiar:

And did those feet in ancient time
Walk upon England's mountains green

Los primeros versos la hicieron llorar pero la voz no se le fue. Estaba lejos de la verde Inglaterra pero la iglesia de San Simón le provocaba maravillosos escalofríos. Se dio cuenta de que Max no esperaba que ella tuviera esa voz de cantante de ópera. Como él tenía sus recuerdos de niño en una escuela religiosa de Londres, ella tenía los suyos, de una jovencita que soñaba con cantar en la Ópera de París.

Cuando terminó, Max tenía las mejillas enrojecidas y los ojos brillantes.

—Todos tenemos secretos —le dijo Agatha, y la frase sonó muy diferente a como la había pensado.

—Ya veo. Pero tu voz es demasiado bella para que sea un secreto. ¿Es posible que alguna vez pensaras en ser cantante de ópera?

—Claro que sí. Mi madre me llevó a París. Cuando mi padre murió quedamos con muchas deudas y poco dinero. Vivimos en Ashfield por un tiempo pero hubo que hacer ajustes. Unos amigos le dijeron a mi madre que era más barato vivir en Francia que en Inglaterra. Las dos hablábamos francés y nos gustaba la idea. Así que alquilamos Ashfield y partimos rumbo a París. Por supuesto, también fuimos con la idea de que consiguiera marido. Y casi lo consigo. Pero decidí rechazarlo. Después tomé clases de ópera con un maestro francés. Me hizo una prueba y fallé. Ninguna cantante de ópera puede ser tímida o tener miedo escénico. Así que ese fue el momento de abandonar las aspiraciones musicales.

—Una verdadera pérdida.

—¿Para la ópera?

—Para el muchacho que se quedó sin su novia.

Agatha se ruborizó pero no le contestó el cumplido. Siguió el hilo de sus pensamientos y le dijo:

—¿Sabes cuánto te envidio, Max? Hablas de Lancing College y dices que la pasaste mal. Pero seguramente aprendiste mucho. Ojalá hubiese podido tener una buena educación. Mi educación consistió de clases de baile, la insufrible gramática y mi padre dándome matemáticas. Las niñas victorianas teníamos una educación limitada.

—Nadie diría que Agatha Christie es una mujer inculta.

—¿No? Miro a Katharine y pienso en lo mucho que sabe y conoce. Sí, tiene un carácter intolerable a veces…

—Solo a veces…

—Bueno, en la mayoría de los casos. Pero su inteligencia es fascinante. Y pudo ir a Oxford, como tú. Por eso puede hablar contigo y con Leonard de cosas que ni entiendo. O reconstruir el rostro de esa reina o excavar tumbas sabiendo que va a encontrar fabulosos tesoros. Estoy convencida de que con una mejor educación hubiese hecho mejores elecciones en la vida.

Max rio. Agatha lo miró enrojecida.

—¿Por qué te ríes?

—Porque nadie creería que has hecho una mala elección. Y si vamos a comparar, tú eres más conocida que Katharine en este momento y no es precisamente porque te dedicas a producir goma de mascar.

—¿Goma de mascar?

—No se me ocurrió otra cosa. Eres Agatha Christie. Escribes novelas, el mundo las espera. Ves a Katharine con unos ojos que no llego a entender. En mi opinión vales mucho más que ella. No por educación, inteligencia o ni siquiera por los logros de ambas, sino porque eres mucho mejor persona. Mucho mejor mujer que ella.

Max se había agitado. Dejó de hablar y miró hacia cualquier lugar. Ella también se había visto afectada. Qal'at Sim'an era uno de esos lugares que afectaban el alma. La espiritualidad recorría sus arcos y columnas así como habían podido imaginar a los antiguos habitantes de Ur recorrer la planicie alrededor del zigurat. Eran lugares que ponían a las personas en la perspectiva del tiempo y eso los afectaba, los conmovía.

Lamentaron el momento del regreso. Bajaron hasta el auto de la mano y sin hablar. Durante el viaje, Agatha se ocupó de llenarse los ojos y la mente de recuerdos: el Qal'at Sim'an dorándose por la puesta de sol, las pasturas, las ovejas blancas y las cabras negras, las amapolas rojas, los restos de cerámica que recogieron en dos *tell*, los ecos de su propia voz en el aire limpio de las pasturas.

Max tenía razón, se había enamorado de la bella Siria.

En el hotel Baron los esperaba Katharine y su permanente disconformidad.

—¿Por qué me dejaron sola? —gritó desde la cama al verlos.

—Porque dijiste que querías estar sola —explicó Agatha.

—Eso es algo que la gente dice cuando no se siente bien. ¿Cómo pudieron dejarme de manera tan cruel cuando estoy enferma? ¿Qué clase de personas son? Quizá tú Agatha no me conozcas tan bien, pero Max, Max, sabes que necesito ayuda. ¿Cómo pudiste abandonarme?

El pobre Max miró a Agatha alzando las cejas. Agatha tuvo que reprimir la carcajada porque todo sería mucho peor si la dejaba libre.

—Ahora quiero que me dejen sola —dijo Katharine con voz melancólica.

Agatha disimuló la risa con un severo ataque de tos que la dobló por la cintura. Max le empezó a dar golpecitos en la espalda para calmarla. Como si pudiera. Todavía doblada sobre sí misma, escuchó que Max decía:

—¿Traigo alguna cosa o me quedo?

—No quiero que me traigas nada, ¿no lo dije ya? Quiero que me dejen tranquila. Estoy muy dolida por todo y aún más por Len. Se ha comportado de manera atroz. Me ha dejado sola, abandonada.

—¿Dónde está?

—Cenando con Claude Schaeffer.

—¿El arqueólogo de Ras—Shamra? ¿Está aquí?

—¡Entonces sí que era una expedición arqueológica! —dijo Agatha contenta—. Ya empiezo a reconocerlos.

—Así que ustedes también se interesan más por él que por mí. Bien. Espero que cuando muera me lloren un poco.

Agatha se volvió hacia ella.

—Yo no estoy interesada en Schaeffer, Katharine. Te propongo algo. Iré a bañarme y a cambiarme y luego vendré a atenderte. Soy enfermera, ¿recuerdas? Soy muy capaz de dejarte sola y acompañarte al mismo tiempo. Max sufrió una torcedura en el tobillo y seguramente quiera ir a su habitación.

Max la miró sin entender. Agatha alzó las cejas para que le siguiera el juego. Por su tono de voz, el encuentro con Claude Schaeffer debía ser más que interesante, tanto como para que Leonard se olvidara de su quisquillosa mujer.

—Estoy de acuerdo, Agatha. Atiéndeme. Y tú Max vete a descansar y cuida ese tobillo torcido. Mañana tenemos un día agitado. Ahora déjenme sola.

Agatha y Max salieron rápido de la habitación. Él le entregó los restos de cerámica que tenía en el bolsillo y ella le dijo:

—Espero que ese arqueólogo sea interesante. Me debes una, Max Mallowan.

—Te debo una, Agatha Christie.

SEGUNDA PARTE

En Occidente

"Se apoderó de mí una terrible sensación de soledad. Ni siquiera me di cuenta de que, por primera vez en mi vida, estaba realmente enferma. Había sido siempre una mujer extremadamente fuerte y no tenía idea de cómo la infelicidad, las preocupaciones y el exceso de trabajo afectaban la salud física. No obstante, me preocupé bastante el día en el que, al ir a firmar un cheque, se me olvidó el nombre con el que tenía que firmar."

Agatha Christie, *Autobiografía*.

12

Pobre y tonta Agatha

Después del paseo por Qal'at Sim'an, Agatha comprendió que su parte favorita del viaje era Max Mallowan. Era su tranquilidad la que le gustaba. Le llevaba varios años pero no tantos como para olvidar lo que eran los jóvenes de su edad. Exuberantes, apasionados, ansiosos por el futuro, determinados a conseguir lo que fuera, alegres, hombres llenos de vida que la habían enamorado y vuelto a enamorar y hasta se había casado con uno de ellos. La primera vez que Agatha había visto a Max pensó que él sería así, uno de esos jóvenes, que manejaba autos a gran velocidad, o piloto de avión, como había sido Archie.

Max era distinto, se decía cada noche que pasaba en el Mediterráneo, a bordo del barco que los llevaba a Atenas. Los días eran calmos y cálidos y el mar azul la llamaba a bañarse. Como lo había hecho en Mersin, una ciudad de Turquía en la que el barco se había detenido, allí se había arrojado al mar sin problemas.

Agatha tomó la decisión de disfrutar lo más posible de Max y evitar a los Woolley. En Atenas, Max se separaría del grupo y ella quedaría a solas con Katharine y Leonard. Los apreciaba y quería realmente visitar el templo de Delfos, pero despedirse de Max la descorazonaba. No sabía si retomarían la relación. Habían dicho que sí pero eso decía cualquier viajero en la misma situación. ¿Serían ellos algo más que compañeros de viaje?

La decisión tuvo sus recompensas. En la costa de Turquía, en el puerto de Mersin, pudo admirar los colores intensos del lugar acompañada del silencioso Max. El azul era más azul y el naranja de las caléndulas quedaba impregnado en la memoria. Agatha y Max volvieron a bañarse, esta vez en un mar azul. Los Woolley estaban lejos visitando a un arqueólogo alemán que había estado haciendo excavaciones en la zona.

Cada noche del resto de ese viaje por el Mediterráneo hasta Atenas, Agatha recordó esa tarde calurosa en Mersin. El baño había sido muy placentero y para Agatha no había nada como un buen baño de mar. El agua la transportaba al ramo de caléndulas y después a las ranas de Kerbala, al aroma a rosas recién regadas y el lago salado que quizá ya no existía. Se le llenaban los ojos de lágrimas al entender que soñaba de nuevo con un hombre, como si no hubiese esperado volver a sentir esa emoción otra vez.

"¿Está mal?", batallaban dentro de sí las preguntas. "¿Está mal que me guste un hombre? Es gentil, tranquilo, inteligente, sabe trabajar y por más que deba soportar a Katharine, está ubicado donde quiere estar. Pronto conseguirá lo que quiere, una excavación en Siria, y ya nadie le pedirá que le aplique sanguijuelas. No está mal pensar en él. Estoy sola y la compañía de un hombre amable me afecta. No esperaba pasar tanto tiempo con él y empecé a soñar. Llegaremos a Atenas y la despedida me pone melancólica porque tengo la cabeza floja y estoy lejos de Carlo para aconsejarme".

Las estrellas contra el cielo azul, el movimiento del agua, el aire libre de comentarios de Katharine, la arena del desierto todavía en la piel. ¿Estaba soñando o estaba en el medio del desierto? Tenía la imagen de Max en los ojos, sonriéndole detrás de un ramo de caléndulas y amapolas y un zigurat dibujado en una moneda persa y escondido en los escombros de un *tell*.

Y de pronto, Max se convirtió en el hombre del fusil.

Agatha gritó asustada y extendió los brazos desesperada para que no cayera contra ella.

Tan fuerte fue el golpe que se dio contra la mesa de noche que terminó por despertarse. Se había quedado dormida con la libreta en las manos. No era de lanzar improperios pero dijo uno en voz muy baja como si su vieja Nursie todavía pudiera escucharla. Quiso levantarse para recoger la libreta pero no pudo. Escuchó unos pasos en el pasillo del barco y un chapoteo en el agua que la dejó en estado de alerta.

Después, alguien golpeó la puerta de su camarote.

Finalmente logró levantarse para abrir, pero con la respiración todavía agitada.

—Agatha, querida, ¿pasó algo?

—¡Katharine!

—Sí, soy yo. ¿Puede ser que escuchara que gritaste?

—No, no lo creo. Estaba escribiendo —le dijo mostrándole la libreta que tenía en la mano.

—¿Tomabas apuntes para tu próximo éxito?

—Hacía una lista de compras para Atenas.

—¡Eres tan práctica, Agatha! Creo que no he visto a una mujer tan práctica como tú. ¿Entro y charlamos?

Agatha se hizo a un lado. La verdad era que quería seguir pensando en Max y las caléndulas pero después de todo era invitada de Katharine y debía entretenerla.

—¿Cómo está tu dolor de cabeza? —le preguntó Agatha a Katharine quien se había sentado en una de las sillas del camarote.

—Mejor, gracias. Aquí no hay sanguijuelas así que el dolor estuvo horroroso por días. Por suerte ya cedió gracias al brebaje que me diste. Parece que funciona mejor que las sanguijuelas.

—El viejo y querido sauce sigue dando beneficios. Lo usábamos en la guerra.

—Lo sé. ¿Eso usaste para tu dolor de cabeza? Parece que estás mejor.

—Me siento bastante mejor, gracias.

—Así que tomas notas. ¿Cuál será tu próxima novela? No nos has contado nada. Has estado muy egoísta.

—Este mes ha salido *El enigmático señor Quin*. Y creemos que la próxima novela saldrá en septiembre o en octubre. Edmund y yo todavía no hemos hablado al respecto. Seguramente cuando llegue a Atenas habrá telegramas que responder. La gente de Williams Collins debe estar esperando ansiosa su nuevo libro.

—Debe ser increíble que todo el mundo esté esperando tu nueva novela.

—Bueno, no sé si todo el mundo...

—Pareciera que a cualquier lugar que vamos, la gente está esperando por ti. El arqueólogo que vimos en Mersin había estado excavando en Capadocia y ¡sabía de tus libros! No nos perdonó que te dejáramos vagar con Max. ¿La pasaron bien, no?

—Estuvimos bien, fue un día tranquilo.

—Sí, Max es así, tranquilo. Muy trabajador pero un tanto aburrido, si me preguntas a mí. ¿Te gusta esa clase de persona?

—Soy una persona tranquila, así que sí, me gusta.

—¿Y esa clase de hombre?

Ahí estaba, la gata Katharine, mostrando de nuevo las uñas. Agatha no pudo evitar la sonrisa ante su intento de sacarle información.

—Por supuesto, es una clase muy amable de hombre.

—Pensé que te gustaban más atrevidos, valientes, dispuestos a correr peligros.

—¿Sí?

—Pensé que Archie era así.

—Créeme, después de todo lo que pasé por su culpa, lo que menos quiero es un hombre como Archie. Discúlpame pero quiero descansar.

—Sí, por supuesto, Agatha querida. Te dejaré descansar. Entonces, ¿no estabas soñando? Te juro que escuché un grito.

—Estaba tomando notas. Quizá a algún pasajero se le cayó algo al agua y por eso el grito. Escuché el ruido de un chapoteo hace unos momentos.

—Ah, no. Eso sé bien qué era. Se cayó un brazalete al mar y pedí que me lo buscaran.

—¿En medio de la noche? ¿Ese fue el ruido a chapoteo?

—No fue nada. La luna iluminaba el brazalete y ya lo recuperé —Katharine le mostraba el brazalete en la muñeca. Agatha apenas pudo verlo porque ella bajó la mano enseguida, pero le pareció que era uno de esos tesoros que habían descubierto en Ur. Quizá fuera prerrogativa de Katharine como esposa de Leonard quedarse con algunos de los tesoros. Decidió no preguntar.

—Bueno, te dejo descansar. Mañana empezaremos a ver las islas griegas y Leonard se dedicará a nombrarte cada una y yo te contaré sus mitos. ¡Será un gran día!

Agatha respiró con fuerza el aire vacío de Katharine. Era una mujer tan extraordinaria y arrolladora que parecía que absorbía gran parte del oxígeno de la habitación. Dejó la libreta sobre la mesita de noche y se sentó. Quería llorar de desesperación. Era un llanto que le salía del alma pero que no llegaba a convertirse en lágrimas.

"Pobre y tonta, Agatha" se dijo, "siempre pensando tonterías".

Alguien golpeó a la puerta.

—¡Katharine, ya estoy en la cama! Mañana hablamos.

—Soy Max —se escuchó detrás de la puerta.

A Agatha se le aceleró el corazón. Se levantó y dio pasos en puntas de pie como para controlar sus sentimientos.

—¿Estabas acostada?

—No —respondió tomándolo de la mano para hacerlo pasar.

—Agatha… ¿qué pasa? ¿Estás llorando?

Ella se angustió pero no lloró. Max la tomó de la mano y la hizo sentar en la cama sin soltarla. Agatha se cubrió la cara por un momento y derramó unas lágrimas.

—¿Katharine dijo algo que te hizo llorar?

—No. No. No fue eso.

—Escuchamos que gritaste desde el pasillo del barco.

—¿Qué hacían en el pasillo a esta hora?

—A Katharine se le cayó un brazalete.

Agatha se puso de pie y lo miró en detalle. Max estaba con una bata de paño y el pelo mojado.

—¡Fuiste tú el que saltó al mar!

Max asintió con un gesto que quería decir "qué otra cosa podía hacer".

—Es increíble.

—No tienes que decírmelo.

—¿Y qué hubiese pasado si no lo encontrabas o algo chocaba contra ti o…? ¡Por Dios, Max!

—Katharine tenía preparado un salvavidas.

—Una locura.

—Tranquila. Ya pasó. Había buena luna y enseguida encontré el brazalete. Cuando lleguemos a Atenas se te olvidará todo.

Agatha se volvió a sentar. Max le pasó el brazo por los hombros y ella agradeció el gesto apoyando la cabeza sobre su hombro. Se sintió como en Qal'at Sim'an, tranquila y sin timidez, queriendo cantar para él.

—A esta altura del viaje no lo creo necesario pero te lo diré igual: puedes contar conmigo como amigo. Dime lo que quieras y estarás a salvo.

Agatha suspiró.

—No hay mucho que contar. Solo tonterías de mi cabeza que van y vienen. Un mal sueño. Y creo que ya extraño mi hogar. Cuando lleguemos a Atenas voy a sentirme mejor.

—¿El mar te está afectando?

—No, amo el mar. Y las noches en el mar, el aire salado y los ruidos del barco. Es una buena idea para una novela, ¿no? Encerraría a los personajes en un crucero por el Nilo…

—¿Así se te ocurren las novelas? ¿De pronto?

—De pronto en brazos de un joven arqueólogo, sí.

Él se rio y le apretó los hombros. Ella le respondió el abrazó apoyando la cabeza en su hombro.

—Agatha —dijo él con voz muy ronca—, no quiero dejar de verte.

—Yo tampoco.

—¿Nos veremos en Londres, verdad? Te telefonearé o te escribiré y nos veremos un día.

—Sí, Max, claro que sí.

Levantó la cabeza para mirarlo a los ojos. Como una de esas protagonistas arrebatadas de las novelas, lo besó en los labios, encantada de poder sentirse así. Un ruido en el pasillo los hizo separarse.

—Entonces… —dijo ella nerviosa y poniéndose de pie—. Nos vemos mañana.

—Sí —dijo él levantándose y yendo hacia la puerta—. Nos vemos mañana y en Delfos será la despedida. Y el reencuentro en Londres.

—Prometido.

Cuando por fin se serenó, Agatha se felicitó por haberle dado un beso. Le llevó un tiempo sacarse a la tía abuelita de la cabeza que se habría escandalizado mucho al saber que había hecho eso. Eran otros tiempos y otras épocas. Las mujeres ya no eran victorianas, ni los hombres. La vida que le habían enseñado su madre, su abuela y la fabulosa tía abuelita a quien todos respetaban, había quedado atrás con la Gran Guerra.

Un beso era solo un beso y nada más.

O quizá algo más porque la ayudó a llegar a Atenas llena de una alegría que hacía tiempo no sentía y con la tranquilidad que había perdido al dejar el Oriente.

Sin embargo, la esperanza de cualquier tranquilidad duró poco.

Cuando llegaron al hotel de Atenas le entregaron una bandejita con un montoncito de telegramas. Agatha no se sentó en el sillón del vestíbulo para leerlos. Se quedó mirándolos, preocupada, sabiendo que esa cantidad de telegramas no eran una buena noticia.

Alguien no había podido encontrarla, seguramente desde Alepo. Habían viajado durante quince días por la costa de Turquía parando en puertos y disfrutando atardeceres. ¿Qué problema la esperaba en Atenas? ¿Qué era tan importante para que hubiese tantos telegramas juntos?

Los tomó y se puso a ordenarlos. Eran siete. Las malas noticias la habían atrapado.

—¿Agatha?

Escuchó que Max la llamaba pero no le prestó atención. Abrió el primer telegrama de la pila, que había sido el último en llegar, el que tenía las noticias más frescas. Pestañeó varias veces antes de leer.

—¿Agatha, pasa algo? —dijo la voz cariñosa de Leonard detrás de ella.

—Rosalind —dijo Agatha sin aire y sintiendo que el suelo se volvía esponjoso—. Rosalind está con neumonía. Punkie la sacó del colegio y la está cuidando en su casa en Cheshire. Está grave.

—¿Agatha por qué no te sientas? —dijo Max tomándola del brazo.

Ella se soltó con fuerza.

—¡No! No. Voy a salir a tomar aire. Necesito aire.

—Iré contigo.

—¡No! Iré sola. Como siempre.

13

La niña soñadora

Buscaba el mar de Torquay. Sabía que caminaba por Atenas pero buscaba el mar de la ciudad en la que había nacido. Caminaba sin prestar atención. No quería historia griega. Quería su propio pasado.

La niña que jugaba en el jardín con el pajarito, la hija de Frederick y Clarissa, la hermana de Monty y Madge. La que jugaba con sus amigos imaginarios en el bosque infinito lleno de abetos, cedros y fresnos. En su bosque de hadas que se perdía en las colinas de Devon. Quería su mundo verde y lleno de agua y de preocupaciones de niña.

Cruzaba la calle sin prestar atención. Podía ser que estuviera en París, Atenas o Londres. No veía a nadie. Solo pensaba en su madre y le dolía el pecho. Quería a su madre y las lágrimas no se detenían. La que había sido su mejor amiga, la que la había conocido, la que había entendido a Archie mucho antes que ella, la que le había contado cuentos siempre diferentes. Quería a su madre y su mundo de niña.

—Mamá —murmuró sabiendo que la gente podía escucharla y preguntarse quién era esa loca.

Agatha Christie, en persona. Esa era. La misma que había desaparecido once días sin decirle a nadie y que caminaba como si fuese a volverse loca otra vez.

"Estoy bien, estoy bien, no va a suceder de nuevo. Solo debo caminar para sentirme mejor y volver al hotel. No pasará nada."

El recuerdo de la muerte de su madre volvía.

No la había visto morir. Punkie le había avisado demasiado tarde que su madre estaba mal. ¿Le pasaría lo mismo con Rosalind? ¿Tan mala madre iba a ser?

Se repitió que Punkie había retirado a Rosalind del colegio donde estaba pupila y que se la había llevado a la casa para que se recuperase en familia. Punkie sabía qué hacer y Jimmy estaría ahí para aconsejarla, como siempre hacía. Jimmy había sido el hermano que Monty no había llegado —o no había podido— ser. Ay, si Jimmy estuviera en Atenas y pudiera aconsejarla en ese momento.

Archie volvía a su cabeza. ¿Por qué se había casado con él? ¿Por qué no le había hecho caso a su madre? ¿Por qué no había aceptado que Archie se había obsesionado con ella y la trataba a su antojo, según le diera la gana? Estúpido Archie Christie que le había dado un nombre que no podía sacarse.

Agatha Miller recorría las calles de Atenas, desesperada por su hija, muerta de terror porque estaba convencida de que su adorada Rosalind moriría antes de que ella llegara y entonces ella desaparecería otra vez once días, sin decirle a nadie. Agatha Miller era la que no quería volver a sentir ese dolor de perder a alguien. No podía perder a nadie más.

No tenía idea de dónde estaba. Había caminado sin mirar y tenía que pagar las consecuencias. Estaba mareada y desesperada. Repetía su vida en su mente, como un cuento, una historia imaginaba en el jardín de Ashfield mientras su madre dormía la siesta y Nursie la vigilaba.

Una casa cerca del mar y del bosque. Una hermana mayor, Madge, bella, a la que admiraba.

Un hermano mayor, Monty, al que apenas conoció y ya era un recuerdo.

Un padre que le había enseñado matemáticas y a amar a los perros.

Una Nursie que le contaba siempre los mismos cuentos.

Una madre, la mejor, que le contaba historias que nunca tenían final.

Y un sueño, permanente. Una pesadilla que la perseguía por las noches y la despertaba aterrorizada.

El hombre del fusil.

Agatha tuvo que apoyarse contra la pared, casi arañarla para no sucumbir al miedo que había llenado su cuerpo y la hacía temblar.

Un hombre vestido de uniforme, azul agrisado, con el pelo lleno de polvo y atado en una cola, como esos mosqueteros franceses o las imágenes que había visto de George Washington. Un hombre de ojos azules, con sombrero de tres picos y un mosquete, uno de esos fusiles que se usaban en el siglo XVIII. Agatha soñaba siempre lo mismo: tomaba el té o paseaba con varias personas y de repente sentía desazón, un terror que no podía explicar, alguien que no debía estar allí, alguien extraño aparecía sentado en la mesa, caminando hacia la playa, siendo parte del juego. La mirada de Agatha se encontraba con los ojos azules del hombre del fusil y ella se despertaba gritando: "¡El hombre del fusil, el hombre del fusil!".

Se mordió los labios para no gritar. No estaba soñando. Era la realidad la que le hacía sentir desazón. Su hija estaba muy enferma y ella tenía que dejar de sentir pena por ella misma y volver cuanto antes a Inglaterra para estar con ella. Rosalind estaba en las mejores manos; Punkie y Jimmy la cuidarían hasta que ella llegara. Luego se encargaría ella, como madre y enfermera, de hacer que Rosalind se recuperara.

Se limpió los ojos con las manos. En algún momento de la caminata había llorado. Se llevó la mano al pecho para limpiarse las lágrimas. Tenía que volver y dejar de dar espectáculos. "Tienes que volver y hacer que todos te hagan caso como hace Katharine". Casi se echa a reír ante la idea. Ella no era Katharine. Ella era la gentil Agatha Miller —conocida como Agatha Christie—, incapaz de molestar a alguien con un pedido. Tan tímida que en ocasiones era incapaz de decir palabra. Una mujer que era tan lenta para hablar que se había tenido que hacer escritora para que alguien la escuchase.

—¿Está bien, señora? —le preguntó alguien en francés.

Un turista, como ella. Alguien que había notado que una turista estaba apoyada en la pared de una tienda de sombreros de Atenas, sosteniéndose el pecho con una mano. Enfocó la vista y vio que era una pareja la que le hablaba, con expresión muy preocupada.

—Sí, estoy bien —le respondió en ese idioma que era tan natural para ella como el inglés—. Pero creo que me perdí.

Le dijo el nombre del hotel y el turista, por suerte, sabía dónde quedaba. Al parecer había hecho veinte cuadras sin darse cuenta. Afortunadamente, eran veinte cuadras en línea recta. La pareja se ofreció a acompañarla pero ella rechazó con delicadeza el ofrecimiento y caminó hacia el lado contrario.

—Mamá querida, si estuvieras aquí…

Hablaba de nuevo sola. Lo hacía siempre desde pequeña, hablar en el aire con sus amigos invisibles y ya de grande, cuando la trama de un libro no le salía. El novio de su hermana Madge, James Watts, en una de sus visitas a Ashfield la había visto hablando y gesticulando desde la ventana y la había apodado "la niña soñadora". Cada vez que se lo decía ella se ponía roja y se deshacía en timidez. Años después, la niña soñadora se había convertido en escritora. Y James se había convertido en su familia, alguien tan querido que era capaz de inspirar un libro como *El asesinato de Roger Ackroyd*.

El tobillo cedió, ella se dio cuenta, pero el dolor tardó varios segundos en sentirse. Ni siquiera gritó. Se dejó caer al suelo, era mejor estar ahí que tambaleando, y se tomó el tobillo derecho para revisarlo. Trató de sobreponerse al dolor con estoicismo de enfermera. Revisó el tobillo como revisaba los pies de los soldados que había tratado en la guerra. De manera delicada, pero firme, se presionó en distintos lugares para ver si encontraba puntos de dolor más graves que el dolor que sentía. Respiró con fuerza, aliviada al reconocer que, por lo menos, no había fractura.

Miró con un odio profundo la alcantarilla cuadrada que estaba en medio de la calle y que ella no había llegado a ver. El taco del zapato había quedado enganchado y se había roto y Agatha había trastabillado hasta la acera. Le faltaban unas quince cuadras para llegar e iban a ser muy largas. Sintió una desazón terrible, un sentimiento de ahogo y pérdida que la hizo temblar.

—Maldito hombre del fusil. ¡Maldito! ¡Maldito!

—¿Agatha?

Miró hacia arriba. No eran unos ojos azules los que la miraban. Eran oscuros, conocidos y muy queridos.

—¡Max!

—¿Quién es el hombre del fusil? ¿Alguien te amenazó? ¿Te robaron?

—¡No! Me torcí el tobillo por culpa de esas alcantarillas extrañas. Max, ¿cómo llegaste hasta aquí?

Max se sentó junto a ella sobre la acera.

—No sé, salí a buscarte y caminé mirando el Partenón. Imaginé que irías a ese lugar, no sé por qué.

Agatha levantó la vista. Hacia el otro lado de la calle se veía, en la distancia, el templo que identificaba a Atenas en todo el mundo. El sol lo estaba volviendo dorado, como pasaba con los edificios de Irak. ¿O quizá era Max el que tenía el poder de hacer esplendorosos los monumentos que tenía cerca?

—Max. Tendrás que ayudarme a caminar. Tengo que llegar al hotel y preparar todo. ¿Cómo consigo llegar a Londres?

—Leonard ya salió a buscar los pasajes para el Orient Express. Pero debemos llegar al hotel primero. ¿Estás lista?

—Sí, claro. Gracias.

Llegaron al hotel gracias a la fuerza de Max. Leonard y Katharine la recibieron con expresiones de dolor y cariñoso reproche y la ayudaron a llegar hasta su habitación. Katharine, en un gesto de amabilidad que la sorprendió, la ayudó a cambiarse y con cuidado le acomodó el pie sobre dos almohadones. El tobillo se había hinchado pero Agatha estaba segura de que no era nada grave. El dolor no había aumentado, al contrario, se sentía bastante mejor.

Max había desaparecido después de dejarla con los Woolley pero volvió unos quince minutos después con vendajes y pasta de cinc para el tobillo.

—¿Ya le dijiste nuestra idea, Max?

—Todavía no —murmuró él mientras hacía el vendaje.

—¿Qué idea, Katharine? —preguntó Agatha asustada porque estaba segura de que el "nuestra idea" en realidad había sido "su idea".

—Será mejor que te lo cuente Mallowan. Iré a descansar un poco, vamos Leonard.

Leonard dejó salir a Katharine. Después buscó a Agatha con la mirada:

—Agatha querida, todo está resuelto. Tu viaje, quiero decir. Lo que necesites, por ridículo que te parezca, puedes pedírmelo. Cuenta conmigo como uno de tus más queridos amigos.

—Gracias, Len.

—Max te contará todo. Descansa.

Agatha suspiró cuando Leonard dejó la habitación.

—Bueno, Max, dime los planes de una buena vez.

—Iré a Londres contigo —dijo él muy despacio—. Sacamos los pasajes para el Orient Express.

—¿Cómo? No tengo tiempo de esperarte. Haz tu recorrido y yo estaré bien.

—Saldré contigo mañana a la noche.

—¿No ibas al templo de Bassae?

—Cambié de planes. Me vuelvo a casa, así que viajaremos juntos. Te ayudaré cuando debas almorzar o te llevaré comida al vagón o cambiaré los vendajes. Estaré allí para lo que necesites.

—¡Max, te ibas a ir de vacaciones! Por favor, no necesito una culpa más en el pecho.

—¿Por qué culpa? Lo decidí yo mismo. Voy contigo. No puedes viajar sola.

—No tienes que hacerlo, Max —le dijo.

Él soltó las vendas y le tomó la mano. Le dio un beso y la dejó en la cama. Continuó con el vendaje.

—Odiaría que tuvieras que posponer tus vacaciones por mi culpa. Otra vez.

—No hay nada que posponer. Los templos estarán ahí un año más. Y si no están buscaré otros. Para algo soy arqueólogo.

"Es demasiado hermoso para ser verdad", pensó Agatha. Le agradeció con torpeza, ocultando lo agradecida y aliviada que se sentía. Casi maravillada. Emocionada. Feliz de tenerlo de compañero.

—Max —dijo Agatha con la voz quebrada—. No quisiera que me recordaras como el bulto que tuviste que cargar en el tiempo de tus vacaciones.

—Nunca te tuve que cargar. Hasta ahora —dijo risueño.

—¡Max! Sé que Katharine te obligó a llevarme por las ciudades de Irak y sé que te está obligando a esto.

—Bien. De acuerdo. Ella me obligó a llevarte por el desierto. Pero no me obliga a esto. Los boletos del Orient Express son para mañana a la noche. Y el viaje lleva cuatro días. Agatha, no podías ir sola antes y ahora que estás con el tobillo lastimado, menos.

—Puedo contratar a una mujer que me ayude.

—No hace falta. Iré yo. No insistas ni te preocupes —Max se puso de pie—. Agatha, dejamos los telegramas en la mesa de noche y Katharine vendrá a verte más tarde. Si necesitas algo, solo debes llamarla. Iré a preparar mis valijas para el viaje, así no perdemos tiempo. ¿Quieres que te haga traer té o algo para comer?

—Un poco de té estará bien, gracias.

—Lo pediré enseguida.

Agatha lo siguió con la mirada hasta que llegó a la puerta. Era escritora, sabía que antes de irse iba a decir algo más. Ella misma quería decir algo más pero le causaba pánico hablar.

—¿Max?

—¿Sí?

—Gracias. Por todo. Muchísimas gracias.

—No hay nada que agradecer. Esto es lo que hacen los amigos. Descansa. Tenemos un viaje largo.

—Lo haré.

Lo vio partir con el corazón estrujado. Pero estaba bien. Eran amigos y era lo que debía hacerse. Ella ya no era una "niña soñadora" y por eso no debía imaginar cosas con Mallowan. Era una señora divorciada y él un joven de veinticinco años que cumplía con "lo que debía hacerse". Un caballero.

14

En el Orient Express

—Creo que tienes un rostro muy noble.

—¿Que tengo un rostro noble?

—Así es.

—Supongo que lo dices por mi nariz romana. Mi hermano Monty siempre se burlaba de ella. ¿Estabas mirándome mientras dormía?

—Pensé que querrías té, pero dormías de un modo tan plácido que no quise despertarte. Y me dediqué a estudiar tu rostro.

—Y llegaste a una conclusión.

—Exacto: tienes un rostro muy noble.

—Bien. Me quedaré con eso. No quiero té, gracias. Siéntate a mi lado y hablemos. ¿No amas los viajes en tren, Max? El Orient Express es maravilloso.

—¿Habrá una novela de Agatha Christie sobre el Orient Express?

—No dejo de pensar en una historia en este tren. He tomado apuntes en otras libretitas. Pero todavía lo disfruto demasiado para que se vuelva novela.

—¿Tienes que disfrutarlo menos?

—Un poco menos.

—¿Nuestra pequeña aventura en Milán no fue suficiente?

—¡Eso fue lo más divertido! Bajas a comprar unas naranjas y el tren desaparece. El misterio del tren que desaparece completo. Un dolor de cabeza para Poirot.

—Lo siento mucho, fue mi torpeza.

—El empleado dijo que teníamos veinte minutos. No te eches la culpa. Era una vueltecita.

—¡Que nos costó correr el tren por las rutas de Milán!

—Y logramos conocer la bella estación de Domodossola. Un imprevisto interesante. Ojalá pueda visitar Italia algún día. Amo viajar. No hemos hecho otra cosa que recorrer caminos, Max, y los he disfrutado a todos. Voy a decirles a mis amigos que eres un gran compañero de viaje.

—Gracias. ¿Hay trenes en tus novelas?

—No tengas dudas. Trenes y más trenes. En una de mis novelas, *El hombre del traje marrón*, Anne, la protagonista, escapa subiéndose a un tren. Las veces que he querido hacer eso…

—¿Escapar?

—Sí. ¿Suena muy juvenil? Para una mujer como yo.

—No, para nada. Quiero decir: no está mal que suene juvenil. Eres una mujer joven.

—Tengo treinta y nueve años, Max. Ya no soy joven.

—Tampoco eres vieja.

—No, claro que no. No me siento vieja.

—¿*El hombre del traje marrón*, dijiste? ¿Debería leerlo, no? En cuanto llegue a Londres compraré todos los libros.

—Eso es lo que hace a un amigo, un buen amigo.

—Entonces lo haré.

—¿Y los leerás? ¿Te atreverás?

—Por supuesto que sí. Si puedo con Gordon Childe puedo con Agatha Christie.

—Oh, no sé cómo interpretar eso.

—Estoy seguro de que tus obras serán más entretenidas.

—¡Espero que sí!

—Es que he tenido tanto que leer desde pequeño que no puedo dejar de pensar que leer otra cosa… Pero lo haré, porque eso hacen los amigos.

—Hablando de amigos…

—Dime.

—Solo entre tú y yo: explícame a Whitburn. Y de paso, explícame a Katharine y Leonard.

—Whitburn es un buen arquitecto, esencial para la excavación o terminaríamos todos sepultados bajo los escombros. Y dibuja las plantas de los edificios que excavamos.

—¿Solo eso?

—No sabría qué más decir.

—Bien.

—Imagino lo que piensas. No lo sé. Katharine es una mujer especial y Whitburn parece encandilado.

—¿Leonard sospechará algo?

—¿Algo entre ellos, dices? Como si fueran amantes. No lo sé. He visto miradas y charlas a escondidas. La verdad es que no me interesa demasiado. Busco trabajar y hacerme un futuro. Además, Leonard es un buen hombre. Un caballero, un mentor y un amigo. Y estoy orgulloso de trabajar con él. Poca gente tiene la posibilidad de hacer lo que hago y amo mi trabajo.

—Por supuesto. También eres un caballero y por eso no te metes donde no te llaman. Parece lo más simple de sospechar, ¿no? Un romance entre ellos. Quizá. Pero no hablemos más de ello. Parece que me volví una de esas ancianas que no tiene vida y busca algo entretenido en las ajenas. ¿Ves? Soy una anciana.

—¡No lo eres!

—Pero tú debes verme como a alguien mayor.

—Por supuesto que no. Te veo como a una igual, alguien a quien me gusta conocer.

—¿Y cómo me describirías? Digo, además de que tengo "un rostro noble".

—Bella.

—Ah, muy interesante.

—Atenta. Amable. Humilde. Con el reconocimiento que tienes cualquiera podría darse importancia y tú vas como si nada. Una turista más recorriendo el mundo.

—Soy una turista más…

—Ahí está. Me sonríes como si fueses una niña.

—¡Una niña! ¡Ya no sé qué soy!

—Una bella mujer de rostro noble.

—Y tú un caballero demasiado amable. Cuéntame tu historia, caballero amable. Me gustan las historias. Sobre todo las contadas en un tren.

—No soy un gran contador de historias pero haré lo posible. ¿Será muy egocéntrico contar mi propia historia? Es la que mejor conozco.

—Adelante.

—Bien, comencemos por el principio. Mi madre, Martha Duvivier, es francesa y su madre era una cantante de ópera. Mi padre, Frederick Mallowan es austríaco y nació para ser soldado. Pero su vida en Londres hizo que se dedicara a los negocios. Yo nací en Londres, en 1904, y mis primeras excavaciones fueron en el jardín de mi casa, en Church Street, en Kensington. Vajilla victoriana que había sido enterrada en el suelo del patio.

—Muy apropiado. Tu destino estaba sellado.

—Claramente. Vivimos en muchas casas, una en particular, en Wimbledon, que hizo que mi padre se aficionara al tenis. Y cerca de allí había una escuela, Rockeby, donde aprendí griego de la mano de Miss Vines. Ella tiene la culpa de mi afición al griego, lo hizo tan fácil que no era otra cosa que alegría aprenderlo, a diferencia del latín que me resultaba espantoso.

Luego, como te conté, fui a Lancing. Fueron años difíciles, lejos de mis hermanos y mis padres. Lancing es una escuela exigente y por exigencia quiero decir que impone disciplina a los golpes. Lo más notorio de mi estadía allí es que coincide con la Guerra. Viví la guerra en Lancing, recuerdo sentir el temor de que me llamaran a servir, porque nos obligaban a hacer entrenamiento militar. No fueron años felices, por eso me sorprendí tanto cuando me dijiste que envidiabas mi educación. Era una buena escuela pero demasiado disciplinada.

"Jerusalén" de Blake me sigue emocionando pero nada más. Me hubiese gustado más ser educado por mi padre o mi madre pero ellos... bueno, tenían sus discusiones a los gritos y muchas veces cuando estaba en casa, deseaba estar en Lancing.

Pero todo tiene un final y los años de Lancing terminaron. Me fui un año antes de completar mi educación. Había aplicado para el New College de Oxford y me aceptaron. Después de muchos años de encierro en Lancing aprendí a amar Oxford más allá de lo que imaginaba. Me especialicé en griego y los caminos se fueron abriendo. Uno de los decanos me dijo un día: "Conoce estas piedras, Mallowan" señalando las paredes de Oxford. Y has visto que le hice caso. Voy por todos lados revolviendo piedras. Stanley Casson fue mi tutor. Arqueólogo de Grecia, historiador, me tomó como discípulo y me enseñó a amar las piedras más que a cualquier otra cosa.

Cuando terminé mis exámenes finales en 1925, me llamó el Decano y me preguntó: "Mallowan, ¿qué planes tienes para el futuro?". Le dije: "Me temo que estoy condenado a entrar en el Servicio Civil Indio o seguir leyes, porque mi padre quiere que me dedique a hacer negocios". El Decano insistió: "¿Y tú qué quieres hacer realmente?".

"Solo una cosa" le dije, "quiero ir hacia el Oriente y buscar cosas allí".

"Te ayudaré", me dijo.

Y lo hizo. Sabía que Leonard Woolley buscaba un arqueólogo joven para sus excavaciones y le estaré en deuda por siempre por recomendarme. Por supuesto que no sabía que sería Katharine la que me haría la ácida entrevista, pero esa es historia que nosotros sí conocemos. Desde entonces, trabajo para ellos y, a pesar de las sanguijuelas, soy muy feliz como arqueólogo.

—Maravillosa historia. Has sido un hombre afortunado.

—Así lo creo. Espero seguir siendo afortunado.

—Lo serás. Ahora es mi turno, ¿no, Max? Llegó el turno de contarte mi historia.

—Si quieres. Puedes seguir durmiendo o te traigo té. ¿El pie está mejor?

—Está mucho mejor, gracias. Debí ser toda una atracción en las calles de Atenas. Una mujer desquiciada. Caminando y hablando sola. Hay partes... que no recuerdo, momentos que se han vuelto oscuros.

—Estabas bajo una profunda impresión.

—Sí, así fue. Como siempre. Mi historia se resume así: Yo era feliz. Vivía en una casa llamada Styles con mi marido y mi hija. Archie trabajaba, mi hija jugaba y yo escribía para obtener algún dinero extra. Y entonces, mi madre murió.

Todo empezó a avanzar más rápido. Los días tenían menos horas, los trenes pasaban con mayor frecuencia, mi hija Rosalind crecía por metros. Me fui a Ashfield, a mi casa de niña, a ocuparme de todo, como si pudiera uno ocuparse de esa terrible sensación que es perder. Fui a llorar a mi madre. Llegué y casi me desmayo de pena cuando tuve que sacar sus cosas de los armarios.

Archie no quiso acompañarme. Su carácter era especial, no toleraba las frustraciones, no toleraba la muerte. Lo entendí, siempre lo entendí. Era la luz de mi vida, mi amor. Y yo era su amor, así que, por supuesto que lo entendí. Lo entendí y fui sola a despedirme de mi vida en Ashfield.

Empecé a trabajar en la casa, trabajar como un demonio, organizando todo, queriendo cerrarla para siempre.

Un día me encontré frente a un cheque y no recordaba mi nombre. ¿Cómo debía firmar? ¿Has leído a *Alicia*? Claro que sí, todos la hemos leído. Sabía perfectamente mi nombre pero no sabía cómo me llamaba.

Archie llegó a Ashfield muy alterado. Daba vueltas y me mareaba. Yo lo miraba y sentía terror, desasosiego, como en mis sueños del hombre del fusil. No era él. No era Archie, era un extraño que me miraba con sus ojos. Pasó dos días así de nervioso, como era él, como siempre había sido. Llegó y me dijo que amaba a otra mujer y que quería el divorcio.

Quizá no lo entiendas. Soy una mujer victoriana. Las victorianas fuimos educadas para amar a nuestros esposos. Para ser esposas. El divorcio era casi una enfermedad incurable, como una condena a muerte. Amaba tanto a Archie que al principio no podía entender lo que decía. Él insistió. Lo repitió hasta el cansancio, hasta que lo entendí.

Había otra más bella, más amada que yo. Yo era un estorbo en su vida.

Me obsesioné con ella. La conocía. Había sido vecina nuestra. Archie había jugado golf con ella durante años los fines de semana. Odio el golf, pone a los hombres en un modo extraño. Nunca juegues al golf, Max.

Ella era la señorita Nancy Neele, con su belleza común y corriente y su poder sobre Archie. Había logrado ser la dueña de mi amor. Ella tenía mi amor, ¿cómo era posible que me suplantara? Cómo era posible que ella fuera yo. ¿Cómo era posible que ella fuera la señora Christie?

Él ya no me importaba, ella era todo porque ella era yo.

¿Me entiendes, Max? Y no recuerdo ni los días ni las noches de esos días y noches. No recuerdo a Rosalind ni a Carlo ni a mi hermana Madge, a nadie. ¿Qué hice esos días? ¿Qué comí? ¿Qué lugares visité? No era yo, era la otra que tenía mi identidad, mis ojos, mis dientes, mi amor.

Así que me fui. Desaparecí así como Archie quería que desapareciera. Me registré en un hotel con su nombre y viví como ella, que era yo, que era ella con mi amor.

Me descubrieron a tiempo. Unos días más y me hubiera vuelto loca por completo.

En los periódicos me vi: Agatha Christie, la escritora.

Esa era yo, la que ella no era. Otra vez, alguien tenía que decirme quién era yo para sentirme una escritora.

Volví a casa. Archie fue gentil, aún le quedaba algo de dignidad.

Me trató un psiquiatra, espero que no te asuste la palabra. A veces uno necesita que le ayuden a poner en orden sus pensamientos. Un psiquiatra que seguía al doctor Freud. "Hipnosis", me propuso. Y acepté para recordar mis sueños de pequeña con el hombre del fusil y su parecido con Archie. Mi esposo, mi amor, se había convertido en mi pesadilla. Y había sido anterior a Archie pero quizá era un presentimiento, una especie de premonición.

El hombre del fusil es un antiguo sueño que tengo desde pequeña. Sueño que soy una niña. Una cena, una mesa amplia, muchos invitados, mis padres. Mi madre. De repente ella se convierte en un hombre vestido de militar con un fusil, un mosquete y tengo la terrible sensación de que me traiciona.

Esa noche en el barco rumbo a Atenas. Sí, me escucharon gritar. Pero Katharine es tan metida que hubiera sido imposible alejarla si le contaba ese sueño. Y seguramente lo habría entendido todo al revés. Un sueño no es algo que se le cuenta a cualquiera. Menos uno que vuelve y vuelve desde la infancia. ¿He vuelto a hablar en sueños en este viaje?

—No te he escuchado hablar en el tren. Pero sí en la casa del jeque, justo antes de despertarte por la lluvia.

—¡Max has sido tan gentil! No has hecho otra cosa que acompañarme en este viaje. Y por esa razón este viaje accidentado ha sido una maravilla, incluso con su vuelta apresurada. Espero haber sido buena compañía. Max, tú lo has sido para mí. Prométeme que nos volveremos a ver, que seguiremos siendo amigos.

—Dijiste algo así en el hotel de Atenas. Que eras un bulto que debía llevar de un lado a otro. Agatha no pienso dejar de verte en Londres, a menos que tú quieras. Quiero ser tu amigo. Lo somos, ¿no es cierto?

—Así es.

—No te preocupes por tus sueños ni por Archie. No sé qué clase de hombre es pero no debe ser muy inteligente si dejó ir a una mujer como tú. Evidentemente no sabía con quién estaba casado.

—¿Sabes que quise cambiarme el nombre? Firmar mis libros como Agatha Miller.

—¿Y qué pasó?

—Edmund se encargó de hablar con la gente de William Collins y dijeron que no. Que Agatha Christie ya era una escritora reconocida y que Agatha Miller no. Que era mejor mantenerlo como estaba. Edmund estuvo de acuerdo. Soy la señora Christie. Distinta de esa otra señora llamada Christie que vive con Archie.

—Él no merece tu dolor.

—No. Lo sé. Pero yo no merecía esa infelicidad.

—Quizá estés preparándote para otra felicidad. Como Lancing me preparó para Oxford.

—¿Tú crees?

—Quiero creer que te está reservado lo mejor, Agatha. Te llamas anciana pero tienes todo un futuro por delante.

—Quiero ver a mi hija. Eso veo en mi futuro.

—Mañana llegaremos a París. Veremos a mi madre, le pediremos el dinero, como te dije.

—¿Y se escandalizará como yo te dije?

—¿Escandalizarse mi madre? ¿La hija de una cantante de ópera? Mis padres están separados desde hace años. Dudo mucho que mi madre considere este viaje un escándalo.

—Gracias, Max. Por todo, todo lo que has hecho.

—Duérmete. Vendré a llamarte para la cena.

—Me dormiré de perfil, así ves mi nariz romana.

—Te lo agradezco de corazón.

15

Un misterio para Agatha Christie

Estaban sentados frente al fuego del salón familiar de Abney Hall. La primavera se hacía esperar en el norte de Inglaterra y los días seguían grises y fríos. El lugar, mezcla de familia y fantasía, le daba a Agatha la sensación de seguridad que tanto había deseado en la última semana de correr trenes y andar en automóviles sin saber nada sobre la salud de Rosalind. Esperaban que la cocinera anunciara al mayordomo que estaba lista la cena y el mayordomo se acercara a avisarle a sir James que todo estaba preparado.

Su hija estaba bien y en sus brazos, arropada en una manta y frente al fuego. Madge y James estaban sentados frente a ellas y hacían preguntas sobre el viaje. Agatha podía notar que ellos también habían estado preocupados por la salud de Rosalind.

—Estoy tan contenta de que la trajeras aquí, Punkie —murmuró Agatha—. No confío en los colegios a la hora de cuidar niños. Y este lugar es un buen lugar para recuperarse.

—Me gusta mucho estar en lo de la tía Punkie —dijo Rosalind.

—Lo sé. Y a mí también. Deberíamos mudarnos con ellos, ¿qué dices?

—¿Y qué hay de Peter y Carlo?

—Los traemos. ¿Qué dice el tío James? ¿Podemos venir a vivir a Abney Hall?

—Cuando quieran.

Jimmy era un gran amigo. Agatha estaba segura de que, si tomaba la decisión de mudarse, James las recibiría con cariño. Incluso le había sugerido que viviera una temporada en la bellísima casa que era de su familia desde dos generaciones atrás: Abney Hall. Una casa de torreones y altas chimeneas, hecha de ladrillos, fría, oscura y misteriosa por dentro, y bella por fuera.

Madge y Jimmy se habían casado en 1902 y habían tenido un hijo, el querido Jack, a quien Agatha adoraba. En esos días, Jack estaba trabajando en Londres pero mantenía con su tía una correspondencia frecuente. Agatha no tardaría en escribirle en cuanto lograra descansar del terrible viaje que había hecho desde Atenas hasta Manchester.

Los diez años que le llevaba Madge habían servido para que Agatha pasara Navidades en Abney Hall junto a su madre, después de la muerte de su padre, cuando Madge era una recién casada. Para la soñadora Agatha, la mansión era un castillo embrujado y le seguía causando la misma impresión años después. La mansión Styles de su primera novela tenía muchas de las cosas que amaba de Abney Hall: los torreones, las chimeneas, las habitaciones oscuras y con ventanas pequeñas, los pasillos serpenteantes y el aspecto lúgubre común a las casas victorianas. La mansión de *El secreto de Chimneys* también estaba inspirada en Abney Hall y seguramente inspiraría muchas novelas más. Agatha no se cansaba de ese lugar.

—¿Pero ya no viviremos en Ashfield? Me gusta mucho el mar. Es algo que debemos considerar, mamá.

—Lo consideraremos, Rosalind. Siempre lo hacemos.

—Claro que sí. Debemos saber qué piensa Carlo de todo esto. Ahora mamá, cuéntanos más de las momias.

—¡No vi ninguna momia!

—¿Cómo es posible?

—Es que las momias famosas están en Egipto. Lamentablemente, en la antigua ciudad de Ur no pude ver muchas, pero sí templos y paredes hechas de ladrillos. Y los atardeceres más bellos.

—¿Estaba el doctor Woolley excavando todavía? —preguntó Jimmy con interés.

—Ya habían empaquetado todo en unas cajas enormes, así que no pude ver nada. Según me dijeron, descubrieron un arpa maravillosa, hecha de oro, con una cabeza de toro en el marco. Supongo que la veremos pronto en los periódicos.

—Esperemos que sí —dijo Rosalind con entusiasmo.

—La gran mayoría de los trabajadores se habían ido a sus casas. Solo quedaban algunos pocos, los criados y el capataz, Hamoudi, del que les hablé el año pasado. Un hombre fascinante, no cruzamos casi ninguna palabra y aún así uno no puede olvidar su presencia.

—¿Y Katharine? —preguntó Punkie con una sonrisita.

—Especial como siempre —respondió Agatha con la misma sonrisa—. Esta vez tenía un nuevo esclavo, ya no era Whitburn.

—¿Y qué pasó? —preguntó Punkie interesada.

—Es que solo había sido un cambio temporal. Mallowan había tenido que operarse de la vesícula y estuvo ausente. En esta campaña el favorito volvió a ser Mallowan.

—¿Es dolorosa la operación de vesícula, mamá?

—Es una operación sencilla. Duele más llegar a la operación.

—Qué curioso lo de Whitburn —continuó Madge—. Se debe haber sentido desplazado.

—Se lo notaba un poco ansioso, sí. Pero Katharine le prestaba atención igual, según pude ver.

—¿Y qué tal Mallowan? ¿Digno de Katharine?

Agatha no respondió enseguida. No estaba segura de cuánto iba a contarles de sus aventuras con Mallowan. Desde su llegada a Ur, todo el viaje al Oriente había estado, de una manera u otra, relacionada con Max.

—No, ciertamente no es digno de Katharine. Es un hombre de veinticinco años, muy inteligente y muy cortés. Tuvo la amabilidad de llevarme de paseo por Irak, mostrarme algunos lugares y contarme historias sobre ellos. Viajar con un experto es fascinante.

—¿Fueron solos? —preguntó Madge extrañada.

—En algunas ocasiones, sí. No hubo problema alguno. La verdad es que, si lo piensas, la decencia es cuestión de espectadores. Si no hay nadie para escandalizarse, ¿hay algo indecente?

—¡Agatha!

—¿Ves lo que te digo? —dijo Agatha riendo al mismo tiempo que su cuñado—. Madge, puedes estar tranquila: me he comportado como una verdadera señora de mi edad y mi estado civil.

No pudo evitar sentir amargura cuando terminó de decir esas palabras. Jimmy fue a salvarla.

—¿Y en Alwiya y Bagdad no te trataron bien? Hablaste mucho de Ur y de los Woolley.

—Claro que sí, hicieron algunas fiestas para mí y todo. Coroneles y demás administradores de Alwiya y el protectorado inglés. Pero Irak es más interesante cuando te alejas de los ingleses y vas por el desierto y ves lagos que quizá ya no estén ahí...

—¿Desaparecen los lagos? —preguntó sorprendida Rosalind.

—Hay lagos que van y vienen, como las personas.

—Quiero visitar Irak, mamá.

—En cuanto te repongas viajarás conmigo. Quizá le digamos a Max que nos lleve.

—¿Quién es Max? —preguntó enseguida Madge.

—Mallowan. Nos hicimos amigos durante el viaje. Y él fue el que se ofreció a acompañarme en el viaje porque, como una tonta, me torcí el tobillo en Atenas. Seguramente nos encontremos en Londres en cuanto Rosalind se recupere. Quizá lo invite a Ashfield como agradecimiento.

—Así que llamas "Max" a Mallowan.

—Así es, Punkie.

—Seguramente quiere algo de tu fama. Tienes que cuidarte de esos. Vienen vestidos de amabilidad y buscan otra cosa. Deben verte sensible y quieren aprovecharse.

—¡Punkie! Puedes estar tranquila de que Max no viene por mis novelas: no ha leído ninguna de ellas.

Los tres gritaron al mismo tiempo. Agatha rio, feliz de contar con la lealtad de su familia más cercana y más amada. Para ellos leer a Agatha Christie era obligatorio y necesario para formarse una opinión y hablar junto a la chimenea en los días de Navidad.

—Es muy probable que en el mundo la mayoría de la gente no haya leído mis novelas. ¿Me conocerán en Argentina?

—Por supuesto —dijo Jimmy con firmeza—. Si el coronel Hastings se retiró a vivir en Argentina, todo el mundo allí debe conocer tus novelas. Y ese tal Mallowan deberá leerte, es obligatorio.

Todos rieron.

—Pobre Poirot, no sabe qué hacer sin Hastings. Necesita alguien que lo ayude a lucirse. Quizá deba retirarse él también.

—¿Retirarse? ¿Hércules Poirot? —preguntó horrorizada Madge.

—En algún momento deberá retirarse, ¿no? Quizá podría inventar otro investigador... una señora de pueblo. Nada más atento y vigilante que una señora detrás de su ventana.

Madge movió la cabeza. Agatha era consciente de que su hermana se sabía, en parte, responsable de la creación de Hércules Poirot. Había sido Madge la que la había iniciado en las aventuras de Sherlock Holmes y también había sido la que la había desafiado a escribir una novela policíaca.

Habían estado leyendo una novela de Gastón Leroux, *El misterio del cuarto amarillo*. Las dos adoraban al joven y apuesto detective, Joseph Rouletabille, protagonista de una novela muy bien planeada, que las había fascinado. Cuando la terminaron, las dos decidieron que era una de las mejores que habían leído. Se interesaron por la novela policial y comenzaron a buscar más. Llegaron a Conan Doyle, luego a Arsenio Lupin y después a Paul Beck.

Una tarde, mientras comentaban la última novela que habían leído, Agatha dijo: "Me gustaría escribir una novela así". Y Madge, para desafiarla: "No creo que seas capaz. Es muy difícil". Agatha no se dejó asustar: "Me gustaría probar algún día". Y Madge continuó: "Te apuesto a que no lo logras".

Pero Agatha lo logró. Claro que no de inmediato pero la chispa estaba ahí, lista para encender el fuego necesario para el nacimiento de Hércules Poirot y *El misterioso caso de Styles.*

—Espero que no se te ocurra algo así, Agatha —dijo Madge alisándose la falda, como siempre que quería imponer su opinión de hermana mayor pero no podía—. Poirot es un personaje imposible de olvidar. Y si tú como su creadora lo olvidas, ¿qué pasará con tus lectores?

—Ellos estarán bien sin Poirot.

—¡Por favor!

—No hablemos de eso ahora, a Punkie no le gustan los cambios y terminaremos todos enojados y peleados.

—La cena tarda más de lo esperado —murmuró Jimmy—. Pero estoy tan cómodo aquí que no quiero preguntar. Y si pregunto, el mayordomo se ofenderá por la pregunta, regañará a la cocinera y Punkie me regañará a mí por tener que solucionar la pelea…

—¿Y de qué hablamos? —preguntó Rosalind, siempre práctica—. Me gustan tus aventuras por el desierto, mamá. ¿No harías una novela sobre eso?

—Todos me lo sugieren tanto que me parece que ya no voy a poder evitarlo. Conocimos a un jeque en Siria. ¿Les conté eso ya?

—Todavía no —dijeron todos.

—Un hombre muy amable y pintoresco. Siria no es un desierto como Irak, allí hay lluvias y pasturas verdes. El jeque tenía una gran cantidad de cabras y ovejas y sus hombres las hacían pastar. Hay muchos *tell* por ahí, esas colinas que no son colinas. Leonard es amigo del jeque y pasamos la noche allí. Bebimos té muy fuerte y caliente y comimos un cordero muy grasoso. No sé cómo hacen pero la comida siempre tiene grasa.

—¿Y cómo pasaron la noche?

—En unas habitaciones con techos completamente agujereados. Me desperté por la madrugada empapada por la lluvia.

—¿Y qué dijo Katharine? —preguntó Madge divertida.

—Te puedes imaginar todo lo que dijo. No estaba feliz y hubo que complacerla con todo tipo de halagos. Cuando partimos los caminos eran un desastre, puro barro. Pero todas las pasturas y flores estaban brillantes y el cielo azul. Y luego llegamos a Alepo y visitamos Qal'at Sim'an. No he visto un lugar más bello que Qal'at Sim'an.

—¿Ese lugar también era del jeque? —preguntó Rosalind.

—No, ya nos habíamos alejado de las tierras del jeque. Alepo es una ciudad hermosa también, parecida a Atenas y a Bagdad.

—¿Y allí también estaba Mallowan?

—Claro, fue él quien me llevó a Qal'at Sim'an.

—¡Solos! ¿Otra vez?

—Katharine se sentía muy mal y no se comportó del mejor modo. Hasta Leonard se desesperó. Nos pidió que la dejáramos sola y eso hicimos. Max se ofreció a llevarme a conocer el lugar y aprovechamos nuestra libertad. No hubo nada de malo en eso.

—¿Cuántas veces van que estuvo sola con este Max? ¿Las contaste, Jimmy?

—Fueron tres, tía Punkie.

—¿Debo recordarles a todos que tengo treinta y nueve años, soy una mujer libre y ya me he liberado de que me regañen?

—¿Recibiste más propuestas de casamiento, mamá?

—¡Rosalind! Tu madre no te dará a ti esa información —dijo Madge con las mejillas rojas.

Agatha pensó precisamente lo contrario. Que si había alguien sensato y razonable en esa habitación era Rosalind y que si, alguna vez, volvía a casarse, su hija sería la primera en enterarse.

—Para que se queden todos tranquilos y no envíen los perros de caza les cuento que no recibí ninguna propuesta de matrimonio ni en Bagdad, ni en Alepo ni en Atenas. ¿Cuánto tarda la cena?

—Queremos lo mejor para ti, Agatha —dijo Madge con tono apenado.

Ella le sonrió.

—Lo sé. Y no ha pasado nada. Disfruté de mi viaje y ya estoy de vuelta aquí, con mi niña.

El mayordomo entró, silencioso, como debía ser. La comida estaba lista. Jimmy se puso de pie y ofreció los brazos a Rosalind. La llevó en brazos hasta su habitación, donde una criada le serviría la comida.

Agatha y Madge caminaron despacio hacia el comedor.

—¿Seguro que está todo bien?

—Está todo bien, Punkie. Cuidaste bien de Rosalind y está recuperándose. Me asusté al verla tan delgada y crecida. ¡Lo rápido que crecen los niños! Pero tiene buenos colores y eso me deja contenta. Después de cenar iré a dormir al sillón de la habitación. Así me sentiré menos culpable.

—¿La pasaste bien en el viaje?

—Sí, claro que sí. Terminó con un sabor amargo pero pronto estaré en casa, volveré a escribir y todo quedará en una anécdota.

—¿Y Katharine? ¿Sigue siendo una gata?

—Terrible como de costumbre. Y aun así, los hombres enloquecen por ella. No entiendo esa clase de atractivo. He ahí un misterio para Agatha Christie. Creí saberlo, cuando era joven y tenía pretendientes. Pero, después de lo de Archie…

—Ni pienses en ello. Ya pasó, olvídalo. Se comportó mal contigo y con Rosalind.

—Aún sigo pensando que hice mal en darle el divorcio. Por Rosalind, como dices. Pero ya está, se acabó.

—Algún día encontrarás a un hombre que te merezca.

—¿Crees eso? Yo no lo creo. Por eso le caigo bien a Katharine. Soy la mujer más inofensiva. Y aun así recibí dos propuestas en Bagdad.

—¡Mentirosa!

—¡No podía decírtelo frente a Rosalind! Igual es tan sagaz que lo sabrá de un modo u otro. Seguramente lo averiguará con Carlo.

—¿Y por qué no aceptaste?

—Uno no me interesaba en absoluto. Fumador. Sabes lo que detesto el cigarrillo.

—¿Y el otro?

—Un buen hombre. Seguramente encontrará la felicidad con alguien. Pero no conmigo. Punkie voy a estar bien. Seguiré escribiendo mientras la gente siga queriendo leer mis novelas. Es mucho más de lo que imaginaba hace dos años, ¿no estoy en lo cierto?

16

Mary Westmacott y la señora Marple

Rosalind se recuperó pronto y Agatha pudo hacer lo que más deseaba: llevarla con ella a Ashfield. Viajaron en tren, arropadas por Madge y con la promesa de que enviarían telegramas en el camino informando sobre el desarrollo del viaje. Madre e hija eran obedientes y cumplieron con lo prometido.

Llegaron al atardecer y encontraron la cena preparada y lista para ser servida. Carlo y Peter las esperaban en la puerta de la casa. Una lloraba sin decir una palabra, el otro movía la cola y saltaba de felicidad.

El clima en Devon era más suave que en Manchester y Agatha respiró varias veces su amado aire para que le llenara los pulmones y pudiera, finalmente, sentirse en casa.

Después de comer y contarse las aventuras frente al fuego, Agatha ayudó a Carlo a acomodar a Rosalind en su habitación y asegurarse de que su hija descansara después del largo viaje en tren. Agatha se refugió en su propia habitación con la ventana abierta, para disfrutar del aire que llegaba desde el mar. Lloró un rato pero no por desconsuelo o tristeza, sino de felicidad. Estaba en casa, después de mucho tiempo.

Sonrió al escuchar los golpecitos en la puerta.

—Adelante, Carlo, pasa —le dijo a su amiga y secretaria—. No me pedirás que hoy te cuente todo, ¿verdad?

—Puedo esperar hasta mañana —sugirió Carlo con una sonrisa.

—¿Hay algo urgente que hacer? ¿Alguna respuesta? ¿Collins quiere tres nuevas novelas en dos meses? ¿Algo así?

Carló rio contenta y Agatha la siguió.

—Llamó Edmund en estos días y pidió que le avisara cuando llegaras. Puedo avisarle mañana, no hay problema.

—Por favor.

—*Un amor sin nombre* de Mary Westmacott está recibiendo buenas críticas.

—Esa es una buena noticia. ¿Mencionó algún enojo por parte de la gente de Collins ante el seudónimo?

Agatha había escrito una novela muy distinta a las de misterio. Había sido un impulso, una necesidad de salirse un poco de los cánones que regían el género que la había hecho conocida. Por supuesto, a sus editores de William Collins no les había gustado nada la idea. Menos les había gustado la historia: un hombre, Vernon, que debe elegir entre el amor de una jovencita —Nell— y una cantante de ópera llamada Jane. Por distintas razones, tanto Edmund como la editorial, coincidieron en que era mejor que la novela saliera con un seudónimo, para no confundir a los lectores de Agatha Christie. Ella aceptó, aliviada. La historia era romántica y prefería que nadie la leyera con los ojos equivocados.

—No dijo nada de eso. Sabía de tu preocupación por Rosalind y aseguró que el resto podía esperar.

—Bien. Entonces comenzaremos con otra novela.

—¿Otra?

—Pero claro, quiero seguir reformando la casita de Creswell Place. No mañana, por supuesto, descansaré unos días. Pero tengo una idea que me divierte y quiero tomar algunas notas y consultar contigo. ¿Hay algo más?

—Algo, sí. Me pidió Edmund que te fuera preparando.

—Oh.

—Sí. Una fiesta. Tus editores de Collins te están preparando una fiesta en el hotel Savoy. Quieren que conozcas a la gente de Estados Unidos. Será una reunión especial, en tu honor.

Agatha se sintió abrumada. La perspectiva de una fiesta con tantos hombres dando vuelta alrededor de ella no le gustaba nada. Los editores no comprendían su timidez y sus deseos de vivir tranquila en Devon junto al mar. Ellos solo entendían de libros publicados, números y fiestas donde se planeaban más fiestas. Miró con tristeza a Carlo.

—¿Tengo vestido?

—Si no engordaste tenemos dos que irán perfecto y no habrá necesidad de comprar uno nuevo. El problema son los zapatos. Pero algo encontraremos.

—Bajé de peso. La comida es terrible en Irak.

—¡Perfecto, entonces! Tengo el vestido, las joyas y las pieles, tal como corresponde a una fiesta en tu honor.

—Voy a sufrir mucho —dijo acongojada.

—Te encaprichas peor que Rosalind.

—Es que ya no me gustan las fiestas. Cuando tienes quince años y crees que todo se reduce a bailar, amas las fiestas. A mi edad son un problema.

—Estarás bien, será en tu honor y estarás muy agradecida. ¡Aun a tu edad! —se rio Carlo.

—Los Woolley hicieron una fiesta en mi honor. Debo haber bailado con quince arqueólogos distintos. Y tuve que fingir que toleraba el olor de la copa de champagne o el humo de los cigarrillos. Y tú sabes lo importante que es fumar cigarros para ser editor. Al menos para los de Collins.

—Creo que Rosalind se queja menos.

—¡Porque es una niña brillante! Y no una anciana quejosa como yo.

Carlo le sonrió como solía hacer Nursie cuando ella se sentaba en el piso de su habitación y lloraba porque Goldie, el canario, había desaparecido de su jaula. Agatha agradeció el cariño con una sonrisa.

—Te dejaré descansar —dijo Carlo suavemente.

—No, está bien. Tengo ganas de hablar. Madge siempre está vigilándome como si tuviera diez años y no puedo hablar libremente. Por suerte está Jimmy que me salva de sus garras.

Carlo se sentó en la silla frente a la cama.

—Te veo cansada pero contenta. Y ahora que Rosalind ya está mejor me imagino que estarás pensando en muchas cosas.

Agatha desvió la mirada y pasó la mano por la cama. Charlotte la conocía bien, era necesario que la conociera bien para ser su secretaria. Ella sabía cosas que nadie más sabía y así debía ser. Una confidente fiel, la cuidadora de su hija, una amiga.

Carlo fue directo a lo que le interesaba.

—¿Viste al coronel Dwyer?

—Lo vi. Amable como siempre. Alwiya es mucho más divertida con él. Me llevó por todos lados y me presentó mucha gente. Jugamos al tenis, tomamos el té, cenamos. El lugar es como una pequeña Londres y todos los que residen ahí se sienten satisfechos. Menos yo, claro, que prefería estar en Bagdad. Pobre coronel, espero no haberle hecho pasar un papelón.

—¿Te sentiste tímida? Pensé que disfrutabas viajar a Oriente.

—¡Me encanta! Pero más me gusta cuando hay poca gente, y en Alwiya y Bagdad siempre hay muchos ingleses queriéndome conocer y que leyeron *El asesinato de Roger Ackroyd*. Dwyer es un bálsamo en medio de todo eso, por supuesto.

—¿Se declaró?

—Sí.

—Me habías dicho que lo presentías.

—¿Por qué será tan difícil aceptarlo? Si mi madre estuviera aquí me diría que me casara con él. Un oficial del Imperio Británico no se rechaza con facilidad. Y el coronel es un hombre magnífico y si yo tuviese quince años menos y todavía creyera en que alguien puede amar a alguien lo aceptaría. Sería un hombre mucho mejor que Archie.

Carlo extendió la mano y Agatha se la tomó. La presión de los dedos amigos la hicieron sentir bien y en casa. Amaba los viajes, pero Ashfield... Ashfield era como una gran manta en la que arroparse y Carlo era esa amiga que siempre estaba para escucharla.

—Me hiciste falta. ¿Podríamos repetir el viaje a las Islas Canarias, verdad?

—Cuando quieras. Rosalind no hace otra cosa que pedir otro viaje. Y si inspira un nuevo *El misterio del tren azul*, ¿por qué no? Me harían bien unas vacaciones cerca del mar.

—Lo pensaré. No sé si quiero otro "tren azul". Tú sabes que no me gusta.

—Pero tuvo éxito y ayudó a pagar las cuentas. ¿Qué más se le puede pedir?

—Hablemos de mi nueva novela.

—¿Un nuevo caso para Poirot?

Agatha se acomodó en la cama. Buscó en la mesita de noche la libretita que había usado en su viaje a Oriente. La examinó con cuidado buscando las notas que había tomado. No era organizada, y por eso Carlo era esencial en su vida. Podía escribir un argumento y al costado hacer la lista de compras. Más todavía, podía escribir un argumento y los personajes de ese argumento en libretitas separadas. Tenía libretitas desparramadas por toda la casa y les estaba prohibido a Rosalind, a Carlo y a las criadas tocar las libretitas de mamá, Agatha y la señora bajo pena de destierro de ese lugar sagrado que era Ashfield.

Agatha sonrió al ver las inscripciones cuneiformes que Max había garabateado en una hoja. Lo había dejado porque el gesto le había encantado y era un buen recuerdo —íntimo— del viaje.

—¿Qué son esos dibujos?

—Copias de escrituras antiguas. Las hizo Max.

—¿Max?

—Mallowan, arqueólogo de la excavación junto a Woolley. Te conté sobre él en la cena.

Carlo se quedó mirándola fijo. Agatha no sabía qué decirle. Había sido totalmente normal para ella que Max escribiera en sus cuadernitos, habiendo pasado tanto tiempo juntos en el desierto y luego en el Orient Express atravesando Europa.

—¿Es un perro fiel o una rata?

Agatha se rio al escuchar la división —tan provechosa— de las personas que habían establecido con Carlo durante el divorcio de Archie. Era bastante evidente: si la persona era un "perro fiel" entonces era bien recibida. Si era una "rata" lo mejor era escapar de ella a los gritos. No había necesidad de explicar en qué categoría se encontraba Archie.

—Es un perro fiel. Hasta ahora, al menos. Se ocupó amablemente de mí desde que me conoció. Pobre muchacho, no hizo otra cosa que ser mi niñera durante este viaje.

—¿Es un muchacho? —preguntó Carlo examinando la libreta con mucho interés—. No puede ser tan muchacho si es arqueólogo y capaz de escribir estos símbolos.

—Tiene veinticinco años —dijo Agatha ruborizada—. Es un joven muy amable y estudioso. Siempre pronuncia palabras de más de tres sílabas. No sabes cuánto me sorprende poder entenderle.

—¡Lo sé bien, soy tu taquígrafa! Conozco tu extraña gramática, tu indescriptible ortografía y tus garabatos. Estos símbolos son más comprensibles que tu letra. No es que tú te comunicaras con él, ¡él se comunicó contigo!

Agatha rio muy ruborizada. Todo lo que decía Carlo con buen humor era verdad. Solo le avergonzaba el hecho de no haber recibido una buena educación. Había aprendido a escribir sola: miraba fijamente las letras de los libros hasta que adquirían sentido. Un día, cuando Agatha tenía unos cinco años, Nursie apareció frente a su madre y le dijo: "Agatha sabe leer". Su madre, que no estaba a favor de que aprendiera todavía: "¿Cómo que sabe leer?". Nursie no supo dar explicaciones: "Simplemente sabe, señora". Y fue así, Agatha un día supo leer sin que le enseñaran.

Lo que le costaba horrores era escribir. Y, por más que le dijeran que era una extraordinaria escritora, que sus libros se leían en el mundo y que Poirot era admirado por todos, ella apenas podía creer que fuera escritora.

—Fue a Oxford —dijo con una voz que no estaba lista para escuchar, un susurro lleno de timidez—. Y antes a Lancing, una de esas escuelas para chicos donde te castigan pero te educan en latín todo el tiempo. Pero él ama el griego y por eso se hizo arqueólogo. Ojalá hubiese recibido yo esa educación. Por eso Rosalind es tan inteligente. Porque decidí enviarla a una escuela.

—No voy a gastar saliva diciendo que eres inteligente y esas cosas. Ya lo sabes, pero de vez en cuando se te olvida, cuando te vuelves insegura.

—Es que recuerdo algunas cosas que pasaron y la cara de mi tía abuelita se me hace presente.

—¿Qué cosas?

—Prométeme que no le dirás nada a Madge. Hará un escándalo por nada.

—Jamás diría nada que no me permitieras decir. Lo sabes.

Agatha miraba para cualquier lado mientras hablaba menos a los ojos simpáticos de Carlo.

—Katharine lo obligó a llevarme de viaje, es cierto. Y pensé que se molestaría pero no dijo nada, al contrario, me explicaba todo. Es un erudito, es un placer escucharlo. En el viaje nos tomamos varias veces de la mano…

—Ajá.

—Pero es común si caminas por lugares peligrosos. La fortaleza de Kerbala era majestuosa y alta. Tenía miedo de caerme.

—Naturalmente.

—Dormí en una comisaría. Dos noches.

—¿Perdón?

—No había otro lugar y dormí en una comisaría. La primera vez en mi vida. Y luego dormimos otra vez en la misma comisaría porque el auto se quedó y nos rescató una tribu de beduinos que iba por el desierto en un Fort T.

—¡No puedo creer eso!

—Yo tampoco. Y también nos bañamos en un lago. En el desierto. Y es probable que ese lago no exista ahora.

—Si sigues contándome esas cosas traeré la máquina y empezaré a escribir. Viviste una novela.

—Me bañé en ropa interior con un hombre que hacía dos semanas ni siquiera conocía. Dos hombres árabes esperaban por nosotros en el automóvil. Supongo que eso hacía todo respetable.

—No, en absoluto.

—Fue un baño espléndido. Estábamos cansados y llenos de tierra. El agua salada y el cielo que se ponía de color durazno. En Irak no hay cielos azules, solo colores pálidos o dorados. Es un lugar tan bello…

—Me imagino.

—Y luego dormimos juntos en la casa del jeque amigo de Leonard.

—¿Por qué no me sorprende? Y supongo que eso también fue respetable.

—Fue totalmente respetable. El techo estaba todo agujereado y me desperté a las seis de la mañana empapada.

—¡Qué horror!

—Y en Alepo me llevó al Qal'at Sim'an. Solos, otra vez. Tomados de la mano porque había que subir una colina. Ojalá algún día podamos visitarlo, Carlo, no he visto lugar igual. Te estremece el corazón pensar todo lo que ocurrió allí. En ese lugar hizo esas escrituras en mi libreta.

—Ya veo. No fue un viaje ordinario.

—No, no lo fue —dijo Agatha en voz muy baja.

—¿Conoceremos a Max? —preguntó Carlo con cautela.

—¿Aquí en Ashfield?

—¿Dónde más?

—No lo sé. Quiero decir: llegué con toda la intención de invitarlo. Pero ahora dudo. A veces creo que es la mejor idea y a veces creo que es todo una locura. Cuando llegamos a Londres me dijo que volvería a ver a su madre en París así que debe estar en Francia todavía.

—¿Una madre parisina?

—Hija de una cantante de ópera. Una señora muy amable.

Carlo la miró de nuevo a punto de largar una carcajada.

—¿Te presentó a la madre?

—¡No! La conocí. ¡No! ¿Por qué lo pones en esos términos? No me presentó a la madre. Le pedí dinero.

—Este arqueólogo de Oxford es muy interesante.

—Tuvimos un accidente en Milán. No nos pasó nada. Solo que nos informaron mal y bajamos a comprar unas naranjas. Cuando volvimos ¡el tren se había ido con nuestro equipaje! En la estación nos sugirieron que alquiláramos un coche y persiguiéramos al Orient Express por los caminos de Italia. ¡Ay, Carlo, esa fue una verdadera aventura! A veces adelantábamos al tren, a veces nos retrasábamos. Finalmente en Domodossola logramos alcanzarlo ¡y los pasajeros nos tuvieron que alzar para subir a los vagones! ¿Puedes creerlo?

Las dos se reían cubriéndose la boca. Parecían dos niñas contándose sus pequeñas aventuras en los bailes de Londres.

—Menos mal que no le contaste nada de esto a Madge —dijo Carlo limpiándose las lágrimas de las mejillas.

—Le conté parte. Algún día se enterará de los detalles pero por ahora es mejor dejarla sin saber la historia.

—¿No le gustó Max?

—No. Como no le gusta ningún hombre que se me acerca. Tampoco le gustaba Dwyer y es un hombre encantador. Así es Madge.

—Bien, ¿pero qué tiene que ver Milán y esas naranjas con la madre de Max?

—Con el alquiler del auto gasté todo el dinero que tenía. Todo. El de Max también. Cuando llegamos a París, tuvimos que bajar a pedirle dinero a la madre de Max. ¿Te imaginas que tu hijo aparezca de repente con una mujer que no conoces y te pida dinero? Creo que lo único que me salvó fue que la señora Mallowan es, como te dije, hija de una cantante de ópera y está separada del señor Mallowan. Ninguna conducta debe escandalizarla a esta altura de la vida.

—¡Maravilloso! —dijo Carlo aplaudiendo divertida.

Agatha la calló.

—Harás que venga Rosalind y quiero que descanse. Pero sí, fue una coincidencia afortunada. Max fue muy amable todo el viaje. Nos veremos en Londres en cuanto él regrese. No tengo idea cuándo. Trabaja en el Museo Británico. Quizá le pueda pedir una visita para Rosalind.

—Deja a Rosalind de lado por el momento.

—¿Por qué?

—Apenas conoces a Mallowan y no sabes bien quién es todavía. Sé que lo consideras amable y un buen amigo pero, como dijiste, "por ahora".

—Tienes razón. Como siempre... Carlo: soñé mucho en este viaje.

—¿El mismo sueño?

—Sí.

—Quizá puedas hablar otra vez con el doctor.

—Lo llamaré en estos días. No quiero que vuelvan las pesadillas. Eso que estabas diciendo me lo recordó. Alguien amable y de confianza que de repente se vuelve el hombre del fusil. No, no quiero eso. Y tienes razón, mantendré a Rosalind alejada. Sobre todo de sus preguntas. Esa niña parece hija de Hércules Poirot.

—Hablando de eso. Dijiste que le darías vacaciones al buen Hércules.

—Ah, de eso estábamos conversando. Tengo una idea y de eso quería hablarte. Dame la libreta. No dejo de pensar en lo que me dijiste una vez, que no había nadie que supiera más que una señora de pueblo detrás de su ventana. Y creo que la señora Marple salió en un cuento hace unos años, puede ser una gran investigadora. No hace falta reunir a los personajes en un lugar, los reúno en un pueblo y la señora Marple comprende todo mientras arregla su jardín y escucha el sermón del vicario.

—Me gusta.

—A mí también. Sé que a Edmund le gustará. Los de Collins se harán los difíciles un rato y luego lo aceptarán también.

—Me alegra mucho que estés contenta —dijo Carlo poniéndose de pie—. Mañana me contarás todo y desempacaremos. Espero hayas traído regalos.

—¡Por supuesto!

—Entonces no hay quejas por mi parte. Solo una pregunta más.

—Dime.

—¿Estás segura de que Mallowan solo es un amigo?

—Segura.

—Pero eso es lo que tú piensas. ¿Estás segura de que él piensa lo mismo?

—Sé que me considera su amiga. Compartimos un viaje maravilloso con algunos momentos que no estaban dentro de los planes. Él me repitió varias veces que quiere volver a verme.

—Y dijiste que él se ofreció a acompañarte en el Orient Express desde Atenas.

—Pero fue Katharine o Leonard quienes lo pusieron en esa situación. O él mismo se sintió obligado porque era un caballero. Él iba a visitar el templo de Bassae y nosotros íbamos a ir a Delfos. Como una tonta me torcí el tobillo y puse en problemas a todos.

—Y él se ofreció a acompañarte.

—¡Porque es un caballero! ¡No lo sé, Carlo! Le doy vueltas y vueltas y no lo sé. Creo que la respuesta la tiene él. Yo no soy capaz de decidir nada en estos momentos.

—Entonces no hay nada que decir —dijo Carlo ya en la puerta—. Me alegra que hayas conocido a alguien tan agradable y realmente espero que nos visite algún día. Descansa, Agatha. Bienvenida a casa.

17

El amigo de la famosa Agatha

Era la primera vez que invitaba a desayunar a alguien. De hecho, no estaba segura de que era posible invitar a alguien a desayunar o si estaba dentro de lo establecido por las normas sociales. Pero lo había hecho y debía soportar las consecuencias. Tomaría el tren a Londres por la noche y recibiría a Max por la mañana con un buen desayuno en su casita de Cresswell Place.

El éxito de los libros le había permitido a Agatha descubrir el placer de comprar una casa. Amaba Ashfield, por supuesto, pero Cresswell Place tenía un lugar en su corazón que no sería reemplazado con facilidad. La casita estaba ubicada en el barrio de Chelsea en Londres y la había comprado el año anterior. El 22 de Cresswell Place tenía dos plantas y había logrado reformarla para que quedara muy bonita. Minúscula, pero bonita. Imposible de comparar con las bellas mansiones del lugar, pero bonita. La casa no tenía acceso a The Boltons, el famoso parque interno del que disfrutaban las casas más grandes y le daban el nombre al barrio, pero era apropiada para una mujer sola como ella. Su casita estaba construida en lo que antes habían sido establos. Era pequeñita, un poco incómoda pero perfecta para poder cumplir con las obligaciones de Londres. Tenía espacio para albergar a Agatha y a una criada.

En la casa de Cresswell Place se habían alojado por unos días los Woolley en junio del año anterior y habían quedado tan agradecidos que el regreso de Agatha a Ur fue imperativo. Katharine le pidió que lo organizara, con ese tono que no admitía discusiones. Como a Agatha le había gustado mucho, aceptó la propuesta de volver a Ur y recorrer Irak, Siria y Grecia con los Woolley. Jamás habría imaginado que las peripecias de ese viaje terminarían con ella esperando a Max Mallowan para desayunar una mañana muy fría de principios de mayo de 1930.

Esa misma noche era la fiesta que la editorial William Collins le había organizado para conocer a sus editores norteamericanos. Tal como había prometido, Carlo le había preparado un vestido, joyas, zapatos y un abrigo de piel, todos debidamente acomodados por la criada en su habitación.

Pero el atuendo que la había desvelado era el del desayuno: ¿qué se ponía uno para desayunar con alguien? Una blusa blanca, una falda de tweed y un saquito gris fueron la decisión final, decisión que llegó diez minutos antes que Max.

Huevos con tocino, tostadas con crema, jamón, pastel de jengibre, queso, té y café fue lo que ordenó en la cocina. No había mermelada porque la cocinera sabía bien que a la señora Christie no le gustaba. Lo lamentaba mucho. Seguramente a Max le habría gustado ponerle mermelada a su tostada.

A las ocho en punto golpearon a la puerta. La criada pasó por al lado suyo y regresó para anunciar al señor Max Mallowan quien venía detrás de ella. A Agatha le saltó el corazón de alegría al verlo pero no pudo demostrarlo. Sintió una enorme timidez y se entregó a ella, como si no tuviera remedio.

—Max, qué bueno verte —le dijo extendiendo la mano para saludarlo y retirándola enseguida después del apretón.

—Lo mismo digo, Agatha —dijo él muy serio.

—Bueno, ¿nos sentamos?

—Claro.

Mientras se sentaban Agatha se fijó en la ropa de Max. Él también había elegido el tweed para vestirse y le resultó una bella coincidencia. La criada apareció con la bandeja del desayuno y ninguno de los dos habló mientras servía. La criada se fue a la cocina y siguieron en silencio mirando la comida en los platos. El aire empezaba a ponerse incómodo. Agatha ya se estaba arrepintiendo de haberlo invitado a desayunar.

Comprendió como anfitriona que era necesario decir algo, aunque fuera una tontería.

—¿Cómo está tu madre?

—¿Mamá? Bien, gracias por preguntar.

—Ibas a verla en París.

—Sí, la vi cuando regresé. Está en perfecto estado, por suerte. Estuve dos semanas viviendo con ella y después visité a uno de mis hermanos y algunos amigos. Mamá te envía sus saludos.

Agatha estaba segura de que eso era pura cortesía. La mujer no recordaría con entusiasmo a una cualquiera que había llegado con su hijo para pedirle dinero. Se sintió tan abochornada que no pudo decir nada por unos minutos. Se dedicó a sus huevos revueltos y tostadas como si fuera una cuestión de vida o muerte.

Max tuvo la delicadeza de hacer el siguiente comentario.

—Rosalind está bien, espero.

—Sí, ya está bien y pudo volver a Caledonia, su colegio en Bexhill. Le encanta estar allí. Dice que siempre hay algo para hacer. Mi hija no reconoce las bondades de no hacer nada.

—Debe ser una niña encantadora.

—¿Encantadora? En ocasiones. Otras veces puede ser un verdadero demonio. Sé que es extraordinariamente inteligente. Y, a veces, Carlo y yo nos quedamos sin palabras ante sus respuestas.

—No recuerdo quién era Carlo. Parece un nombre italiano.

—No, nada que ver. Charlotte Fisher es mi secretaria personal. Primero fue niñera de Rosalind y me ayudaba con algunas cosas de la casa. Rosalind no podía pronunciar bien Charlotte cuando era pequeña así que terminó apodándola Carlo. Y el nombre le quedó. Y ella también, se volvió indispensable. Ya no se ocupa de mi hija sino de mí. Es mi taquígrafa. Conoce mis novelas antes que nadie.

Agatha se puso un trozo de tostada enorme en la boca y estuvo masticándolo tanto tiempo que hasta ella misma se sintió fastidiada. Empezó a temer que la amistad que habían tenido con Max fuera cosa del pasado, como ese lago de agua salada en el que se habían bañado. Max estaba serio como si fuese la primera vez que se conocían y ella estaba tímida como si estuviera dando un examen ante un tribunal.

El desayuno era un desastre.

Quizá por eso era que la gente no hacía fiestas de desayuno, porque era un desastre.

Esta vez, Max tuvo la cortesía de hablar.

—Leonard y Katharine están en Londres. ¿Te avisaron?

—No.

—Llegaron hace dos días. Seguramente te llamen por teléfono.

—Está bien. Me gustará verlos después de tantas amabilidades y molestias.

—Hoy tienes una fiesta, dijiste por teléfono.

Agatha tuvo que tomar agua para no atragantarse.

Al acercarse la noche de la fiesta en el Savoy, una idea se le había cruzado por la cabeza: invitar a Max a comer. Pero no le había dicho nada a Carlo, de modo que los pasajes en tren estaban ajustados a la agenda que había declarado que iba a hacer: llegar la noche anterior a Londres, almorzar con Edmund Cork, prepararse para la fiesta de esa noche y volver por la mañana a Ashfield. La única forma de ver a Max era invitándolo a desayunar y lo hizo sin pensarlo porque si lo pensaba un segundo habría estado desayunando sola.

—Sí, en el Hotel Savoy. La editorial quiere que conozca a algunas personas.

—Qué bueno.

—Sí —respondió ella mirando su taza de té.

—¿Irá mucha gente?

—No tengo idea. Edmund dice que es importante que vaya y Carlo me preparó la ropa. Yo obedezco.

—Todos irán a admirarte.

Ella levantó la cabeza.

—¿Sí?

—Seguramente…

Los dos hicieron silencio y miraron sus tazas de té al mismo tiempo. Agatha se dijo que cuanto más rápido comiera ella más rápido tendría que comer Max y de ese modo se libraría de Max y del error que había cometido al invitarlo a su casa.

—Estuve en varias librerías. Todo el mundo conoce a Agatha Christie. Me sentí un poco abrumado.

Agatha tragó apurada.

—¿Por qué abrumado?

—¡Eres muy conocida! El primero que conseguí fue *El enigmático señor Quin*. Me informaron que acaba de salir. Pude encontrar también *Asesinato en el campo de golf*, *El hombre del traje marrón* y *El secreto de Chimneys*. Conseguir *La muerte de Roger Ackroyd* fue todo un logro. No sé si sabías que viene con un elemento extra: los libreros te empiezan a hablar de él extasiados. Y quedé en pasar la semana próxima para retirar *El misterioso caso de Styles*. Parece que está agotado. Y no tengo todos. ¡Tengo que hacer una lista!

—Yo ya perdí la cuenta. Edmund se encarga de eso. *Ackroyd* y *Styles* son los más leídos, por eso no podías conseguirlos.

—Así me informaron.

—¿Y por qué te sentiste abrumado? —preguntó Agatha con ansiedad.

—Es que les dije que te conocía personalmente y se rieron de mí.

—¿Y cómo fue eso? —preguntó Agatha divertida.

—Parece que no es posible que alguien común y corriente conozca a la gran Agatha Christie.

Sintió que las mejillas se le ponían coloradas. Ni siquiera intentó ocultarse, lo miró a los ojos. Se sintió desconsolada y con ganas de llorar.

—Es una tontería. La gente cree lo que quiere creer. ¿Te hablaron de los periódicos? ¿Dijeron algo de eso?

Max extendió la mano para calmarla. Ella aceptó el gesto apretándole fuerte la mano.

—No dijeron nada de eso. Te admiran mucho y en las librerías se conoce de inmediato tu nombre. Eres conocida ¡felicitaciones! Conocí a una Agatha diferente en Oriente y no esperaba encontrarme con esa otra Agatha, tan famosa. No me animé a escribirte o llamarte por esa razón. Me alegré mucho cuando recibí tu llamado y dijiste que querías recibirme en tu casa. Te agradezco mucho la generosidad.

—¡No hay nada que agradecer! Al contrario, debería haber pensado una cena para ti, y presentarte a varios amigos. No me canso de contarles lo amable y generoso que fuiste conmigo. No estabas obligado a hacer nada.

—Hice lo que me pareció correcto en ese momento.

—¿De veras pensaste que no te recibiría porque era famosa?

Los ojos de Max brillaron como cuando ellos se hablaban con la mirada para no despertar la ira de Katharine.

—Me sentí bastante intimidado. Lo confieso. Pero es que parece que todos te adoran y supuse que te habrías olvidado de tu amigo de Oriente.

—¡Tonterías! ¿Cómo pudiste pensar eso? No puedo creerlo. Ya basta. Por supuesto que quería verte. Solo que no encontraba un momento para venir y la fiesta del Savoy fue la excusa perfecta. Lamentablemente vuelvo mañana por la mañana, de otro modo te invitaba a almorzar.

—Está perfecto así —dijo Max sonriendo—. El desayuno está exquisito.

Agatha sintió un alivio terrible al escuchar las palabras de Max.

—Gracias. Lo preparé yo. Verás: soy una excelente cocinera. Mucho mejor que escritora. Espero poder prepararte una cena apropiada pronto. Aunque no me gusta la mermelada y lamento que no tengas para las tostadas. Pero eso es de mala anfitriona, me parece.

Max le sonrió.

—Está perfecto así.

—Y ojalá tuviésemos crema de Devon pero, ya sabes, solo se consigue en Devon.

—Ah, la famosa crema. ¿Te gusta?

—Podría matar por la última porción de crema de Devon. Un buen caso para Poirot.

Max rio por primera vez en la mañana y Agatha sintió que, por fin, habían vuelto a ser los dos que habían corrido al Orient Express por las carreteras italianas.

—¿Estás por publicar alguna novela?

—Por el momento no —dijo Agatha porque no quería revelarle todavía el asunto de Mary Westmacott—. Pero me reúno con Edmund hoy para hablar de una nueva novela.

—Tus lectores estarán contentos.

—Y mis editores también. Y yo podré hacer una pequeña reforma en esta casita con el adelanto. Así que estaremos todos contentos. Dime, ¿qué estás haciendo ahora?

Max se acomodó en el respaldo de la silla. Él también parecía mucho más relajado, una vez aclarado el asunto de la "fama" de Agatha Christie.

—Tengo una oficina en el Museo Británico. Allí estoy trabajando en la colección que llegó al Museo. Estamos desembalando tablillas con Burrows y Whitburn. Tenemos que catalogarlas y traducirlas. En eso trabajo.

—Fascinante.

Max rio y Agatha sonrió al escuchar su risa.

—No tanto. La oficina no tiene ventanas y respiro el mismo aire que esas tablillas. Podría contraer una enfermedad de cuatro mil años en cualquier momento.

—¡Tonterías! —rió Agatha—. ¿Cómo es que un eminente arqueólogo como tú piensa que alguien como yo no va a recibirlo? Debería haber puesto una alfombra roja para recibirte o algo así.

—Ahora te estás burlando de mí —dijo Max divertido.

—Un poco. Pero soy mala, si dijiste que Katharine y Leonard ya están en la ciudad… ¡ay, por Dios! Si se llega a enterar que te vi sin verla antes a ella va a hacerte un escándalo. Prométeme que no le dirás nada.

Max alzó la mano y después se cruzó el corazón con el índice.

—Prometido.

—¿Y qué más haces? Supongo que un joven como tú irá a fiestas y bares a escuchar jazz o bailar charleston… ¿te gusta el jazz?

—Con una madre tan devota de la ópera no puede gustarme el jazz.

—Ah, no, claro.

—No me gustan las fiestas de ese estilo. Whitburn intentó llevarme y terminé en una de ellas pero no me gustaron. Prefiero quedarme leyendo en casa o trabajando con Burrows. Por supuesto, todos me llaman aburrido. ¿Te gustan esas fiestas? Nunca hablaste de eso.

—¡Claro que no! Esta noche… esa fiesta en el Savoy. Claramente no entienden quién soy. Una creería que sus editores se dan cuenta de que detesto las fiestas pero parece que son importantes para conocer gente. Habrá una cena, vino y cigarrillos y me sentiré rara por no entenderlos ni a ellos ni a sus esposas. Y querré estar en Devon con mi perro Peter.

—¿Comiendo crema de Devon?

—En la cama y planeando un nuevo caso para Poirot.

—Suena como un plan encantador.

—¿Quieres venir a Devon?

Como Max no contestó enseguida la pregunta quedó flotando en el aire.

Y mientras flotaba, recorría los muebles, los restos de huevos con tocino, las tostadas y la vajilla. Y cuanto más silencio hacía Max, muy concentrado en su taza, más se daba cuenta Agatha de lo poco apropiada que había sido esa frase, de lo mucho que implicaba si seguía el hilo de la conversación que habían tenido hasta que la pregunta había salido de su boca.

Se rio haciendo de cuenta de que había notado algo y trató de restarle importancia a las palabras.

—¡Qué tonta soy! No debes poder tomarte ni un día libre. ¿Ves? Esa clase de trabajo es importante, no soñar novelas con un lápiz en la mano. Y tú que no querías verme porque era famosa. Tonterías.

Dejó de hablar suplicando que Max dijera algo. Pero no la ayudó.

—¡Y encima con Katharine y Leonard en la ciudad! Debes estar lleno de trabajo ahora.

Max asintió.

—Leonard me lleva a la casa y me tiene hasta la madrugada descifrando tablillas. Pronto saldrá en el periódico con el arpa que descubrieron en Ur.

—Al fin podré verla... —susurró Agatha.

—Sí. Es bellísima y Katharine será... lo que sea, pero es una gran escultora y sabrá darle vida completando los fragmentos que faltan. ¿Agatha?

—Dime, Max —dijo ella con un cariño que se complacía en sentir.

—Quiero ir a Devon. Me tomaré un fin de semana, Leonard no se opondrá. Si me dices un hotel y cuándo estás libre iré sin problemas.

—¡Te quedarás en Ashfield, sin dudas!

Esta vez fue Max el que no pudo ocultar su sorpresa.

—¿Perdón?

—Te quedarás en casa. Ashfield es enorme y hay lugar para todos. Vendrá Rosalind y estará Carlo. Nadie podrá hablar mal de nada, si eso es lo que te preocupa. Torquay es una ciudad pequeña pero no es precisamente el desierto de Irak.

—Será un honor que me alojes en tu casa.

—¡Nada de honores! Soy tu amiga, tú eres mi amigo. Te mostraré mi casa de la infancia y tú me contarás sobre el desierto y Siria y esos lugares que quieres excavar. Cocinaré para todos y comeremos crema de Devon hasta reventar. ¿Qué piensas del plan?

—¿Amigos?

—¿Cómo?

—Somos amigos, es cierto sí.

Agatha lo vio dudar y temió haber cometido una tontería. Pero se negó a pensar en eso más de unos segundos. Rosalind y Carlo, más todos los criados, harían decorosa la presencia de Max. Era un amigo y nadie tendría derecho a decir nada. Eran amigos y le gustaba que sus amigos la visitaran en Ashfield.

El rostro de Max se iluminó al mirarla a los ojos.

—Iré, por supuesto. Te hablaré por teléfono cuando tenga todo resuelto.

—Harás reventar de envidia a Katharine.

—Por supuesto. Lo voy a disfrutar.

18

Como Rodolfo Valentino

Dos semanas después del encuentro en Cresswell Place, Max se encontró en la pequeña ciudad de Torquay, en Devon. Su llegada a la casa había sido muy curiosa. Agatha lo había conducido hasta Ashfield en un Morris Cowley descapotable. Le encantó verla manejar pero le resultaba extraño verla en ese auto, que, según le había contado Katharine antes de partir, era el mismo con el cual se había accidentado antes de su desaparición.

Katharine, enterada de su viaje a la casa de Agatha, había llegado hasta la oficina del Museo Británico y había vuelto a encargarle, una vez más y de muy mala manera, que averiguara sobre el hombre del fusil. Lo acusó, incluso, de ser desleal a Leonard por no cumplir con su pedido.

Esta vez le resultó mucho más sencillo a Max decir que sí. No porque ya supiera quién era ese "hombre del fusil" sino porque estaba decidido a no decirle a Katharine de qué se trataba. No era correcto contarle los sueños de alguien a otra persona, menos todavía los sueños de Agatha.

Llegó a Torquay con un propósito y esperaba llevarlo a cabo.

Era joven, tenía futuro y se sentía seguro de sí mismo. En un momento, durante el desayuno en Londres, había perdido toda esperanza, pero luego había vuelto a recuperarla, en esa forma súbita que solían mostrar las películas de Rodolfo Valentino. No era precisamente un jeque árabe que iba a secuestrar a una dama británica para casarse con ella. Max era demasiado educado para eso. Sin embargo, no dejaba de divertirle que, esa película —que había visto en sus años de universidad— volviera una y otra vez a su cabeza desde que estaba en Londres trabajando en el Museo Británico.

Estaba en la habitación de huéspedes de Ashfield, escuchando los leves ruidos de la casa al ponerse en movimiento. No había dormido bien por la noche pero estaba seguro de que era más por el cansancio que sentía —había ido directamente desde el Museo con su valija hasta la estación de trenes— que por lo que estaba determinado a hacer.

Sentado en la cama, escuchaba el ladrido de Peter, el terrier blanco de las Christie que había salido a dar su paseo matinal. Peter había sido su primera aventura en Ashfield, una no buscada. Rosalind los había recibido anunciándoles que el perro había mordido en la cara a un amigo, Freddie Potter, mientras jugaban.

"Pero es una suerte que no le haya arrancado la nariz. Porque si no tendríamos que habérsela pegado de alguna manera y ¿cómo se esteriliza una nariz, mamá? No creo que se pueda hervir", dijo Rosalind a modo de recibimiento. Agatha siguió a Rosalind después de darse vuelta y decirle en voz baja: "Bienvenido a Ashfield, ponte a gusto y ten paciencia que esto puede tardar".

Max miraba por la ventana. El día estaba gris pero no demasiado frío. Seguramente iba a llover al mediodía. Le habían prometido una excursión a los páramos de Torquay pero no estaba seguro de que fuera posible.

Pensaba en Agatha todo el tiempo. Al principio le había parecido una mujer bella pero distante, con una belleza escandinava de piel muy blanca, cabello rubio y ojos profundamente azules. Desconfiaba un poco de su amistad con Katharine. ¿Qué clase de mujer podía ser amiga de

Katharine sin que terminara desterrándola del campamento de Ur a los dos días? Pero, tiempo después comprendió que solo una mujer como Agatha podía tener paciencia como para ser su amiga.

Le llevó unos días comprender que esa distancia que imponía Agatha era timidez y reserva. Y que detrás de esa armadura que las flechas no podían atravesar, había una mujer muy sensible que temía ser lastimada.

Agatha era un rompecabezas, o, más bien, se parecía a una de sus novelas. Había que examinar su personalidad parte por parte, pregunta por pregunta, hasta comprender qué había detrás de aquella reserva y aquel comportamiento tranquilo.

Con su modo imperativo e insolente, Katharine le había dado las herramientas para conocerla a fuerza de obligarlo a permanecer días con ella. Si le había dado la orden de llevarla a través del desierto era porque no tenía miedo de que Agatha le robara su atención. Max nunca se había hecho cargo de todos los intentos de Katharine por coquetear con él. No era un tonto como Whitburn para ceder a los caprichos sexuales de una mujer que se sabía con poder. Elegía, como siempre había elegido, la opción más lógica y la que menos problemas le daría. Y, además, traicionar a Leonard Woolley le parecía un acto fuera de toda contemplación. Katharine no hacía más que tensar una cuerda que jamás se cortaría.

Por supuesto que sentir algo por Agatha no había estado en sus planes. Quería, por sobre todo, una excavación propia, donde dirigir bajo sus propios intereses y con sus propias ideas. Siria estaba llena de lugares para excavar y su ascendencia francesa le serviría si lograba encontrar los contactos suficientes. Conocer a Claude Schaeffer en Alepo, quien recién iniciaba las excavaciones en Ras Shamra y mantener correspondencia fluida desde ese momento, era un buen inicio. Hablaban, incluso, de recorrer juntos el río Jabur, ese río de Siria que alojaba en sus riveras tantos *tell* como la imaginación de un arqueólogo del Oriente podía soñar.

Agatha resultó una sorpresa para él. Estaba dispuesto a decirle exactamente el momento en el que se había enamorado de ella: en el lago, cuando el auto se quedó en la arena y el beduino tuvo que salir a buscar ayuda para los viajeros. Cualquier mujer habría hecho un escándalo pero Agatha se había echado a dormir y lo había logrado. Estaban cansados y muy acalorados pero no le parecía razón suficiente para que una mujer no hiciera un importante escándalo al encontrarse en una situación como esa.

Mientras ella dormía no pudo dejar de pensar que esa era, precisamente, la clase de mujer que quería para él. Tranquila, calma en las situaciones más adversas, ajena a toda coquetería y seducción, con una tarea honesta y un fuerte sentido de lo que era la vida.

Max se había enamorado dos veces. La primera, de la hermana de un compañero de Oxford que logró encantarlo con sus modales desenfadados para luego irse a París con un norteamericano. Y, la segunda vez, de una joven hermosa que trabajaba de secretaria dentro del Museo. La muchacha era humilde y trabajadora y Max estaba interesado en ella pero Katharine, que todo lo husmeaba, le advirtió que no se aceptarían esposas en la excavación y menos jovencitas con un pasado cuestionable. Max se ofendió. Pero escrupuloso y metódico como era también hizo sus propias averiguaciones. Descubrió que era cierto: la joven secretaria tenía en esos días un comportamiento respetable, pero su vida en Liverpool no había sido olvidada.

A él sí le costó olvidarla, pero se convenció de que era lo mejor y que, por suerte, no había llegado a ilusionar a la joven con nada que no pudiera cumplir. Unos meses después de la conversación con Katharine, la joven fue trasladada a otra dependencia del Museo y Max partió hacia Irak tranquilo.

La criada golpeó la puerta y le anunció que la señora lo esperaba para desayunar. Ya vestido y peinado, se miró al espejo para comprobar que estaba presentable pero no solemne. Quería lucir un poco más jovial de lo que solía parecer. No había sido educado para ser un dandy como Whitburn pero le gustaba lucir alegre y no siempre preocupado por su carrera.

En el comedor, Carlo, Rosalind y Agatha lo esperaban sentadas. Les dio los buenos días y se sentó junto a ellas. Fue un desayuno encantador con las tres mujeres ansiosas por dejarlo contento y él, sintiéndose complacido sin ningún esfuerzo. Estaba donde quería estar y lo disfrutaba.

Charlotte, él no podía llamarla "Carlo", lo miraba con discreción. Max creyó ver en sus ojos eso que no veía del todo en los ojos de Agatha, la sospecha de que algo más había entre ellos. Incluso lo vio en Rosalind que hablaba de un modo que nunca había escuchado a una niña de diez años. Agatha había dicho muchas veces que Rosalind era muy inteligente pero era más que eso. Rosalind era perspicaz e inteligente como su madre, pero carecía de su reserva y timidez. Era una niña muy curiosa y seguramente se convertiría en una mujer encantadora.

Después del desayuno lo llevaron al páramo de Torquay. No fue una buena idea. Agatha insistió en que no llovería en absoluto mientras el resto de la expedición, él incluido, aseguraban que en cualquier momento caería un chaparrón. Para conformar a todas las partes, salieron hacia el páramo pero vestidos con los impermeables.

Los impermeables resultaron ser imprescindibles porque se largó a llover a la media hora de emprender el camino. Y más todavía porque el techo descapotable del viejo Morris Cowley de Agatha estaba lleno de agujeros y el agua les caía en hilitos sobre los sombreros.

—¿Estamos peor o mejor que cuando salimos de la casa del jeque? —le preguntó Agatha risueña.

—Creo que estamos igual que cuando estábamos en la casa del jeque —respondió él, contento de recordar el viaje por Siria.

—Carlo te dijo que llovería, mamá. Siempre tienes que hacerle caso.

—Lo sé, Rosalind, lo sé. Pero Max no estará mucho tiempo y debe ver el páramo, ¿no es cierto?

—Es cierto.

Max se divirtió mucho en el páramo. Agatha hablaba del lugar con fascinación. Él apreciaba más esa fascinación que lo que podía adivinar entre la lluvia y la niebla. Era evidente que Agatha amaba el lugar donde había nacido y despegarse de él le costaba mucho. Max no podía imaginar cuánto había sufrido ella en el proceso de divorciarse de su marido, pero Ashfield y los alrededores debieron ser de gran consuelo en esos años.

Emprendieron el viaje de regreso completamente empapados. Las tres hablaban entre ellas y le explicaban las curiosidades del lugar o comentaban sobre ciertos vecinos que tenían las costumbres más divertidas. Hablaban, se retaban entre sí y se reían. Max, un poco retraído, esperaba que Agatha se diera cuenta de que estaba en Torquay para mucho más que conocer sus bellos paisajes.

No pudo, no encontró la manera, de expresar su objetivo hasta la noche del día siguiente. Fueron dos días un poco tortuosos en los que se debatió entre las atenciones de Agatha —crema de Devon, ese postre de nata con leche que era exclusivo de la región— y su ansiedad por conocer sus sentimientos.

La decisión llegó al final del día, después de haberse dado las buenas noches. Tomó un libro que Agatha le había prestado de su biblioteca y golpeó la puerta de su habitación. Escuchó que ella decía "Adelante" con suavidad y entró sin anunciarse.

Agatha estaba en la cama y era evidente que había pensado en Rosalind o Charlotte y no en él. La vio cubrirse con las mantas —lo cual era un gesto extraño porque se habían visto en ropa interior al bañarse en el lago— pero entró igual.

—Te quería devolver el libro —dijo dejándolo en la mesita de noche—. Gracias por prestármelo, me ha gustado mucho.

—Hay otros libros si quieres seguir leyendo.

—Mañana parto. Quizá la próxima vez.

—¿Piensas volver?

—Claro que sí —dijo sentándose a los pies de la cama—. Espero que me invites, por supuesto.

—Sí, encantada. A Rosalind le has caído muy bien y ya tenías la opinión favorable de Carlo antes de llegar.

—Me alegra contar con dos opiniones tan favorables.

—Totalmente merecidas.

Max hizo una pausa para tomar aire.

—Agatha, me gustaría casarme contigo.

El silencio pareció comerse toda la habitación, Torquay, Devon y los alrededores. Fue un silencio más grave y profundo que el que acostumbraba a escuchar en el desierto. Fue un silencio frío y doloroso que le auguraba una respuesta que no deseaba.

—Dime algo, por favor...

—¡Es algo tan inesperado!

—¿Inesperado?

—¡Claro que sí!

—Al contrario, creo que es perfectamente lógico.

—¿Qué cosa es lógica?

—Que te amo. Y que sientes algo por mí.

De nuevo el silencio y de nuevo el frío. No estaba listo para una negativa porque estaba completamente seguro de los sentimientos de ambos. A menos que se hubiera equivocado terriblemente, y entonces sentiría un bochorno para el cual no estaba preparado.

—Dime que sientes algo por mí —suplicó.

Agatha se levantó de la cama y fue hasta una silla para ponerse un abrigo encima. "Bien" pensó Max, "no soy el único que siente frío". Agatha se sentó en la silla vacía, justo frente a él.

—¿Desde cuándo sientes eso?

—Desde que nos quedamos varados en el desierto, claro.

—¿Claro? Lo dices como si fuera lo más natural.

—Lo fue. Fue natural. Me gustaría que me dieras una respuesta.

—Te daré una, por supuesto. Y es esta: no me casaré contigo.

Max pudo verse de costado en el espejo de la habitación. Estaba pálido y ojeroso, como si estuviera enfermo. No se tenía por un hombre necio pero se prometió insistir a pesar de la negativa.

—¿Por qué no?

Ella entreabrió los labios, sorprendida.

—Soy quince años mayor que tú, tengo una hija de diez años, estoy divorciada y mi marido está vivo así que no puedo casarme contigo. Creo que son suficientes razones.

—¿Pero me amas?

—Max…

—Dime si sientes algo por mí.

Agatha se quedó mirándolo con los ojos brillantes y las mejillas coloradas. Allí estaba, detrás de la mujer distante y esa armadura casi infranqueable, la mujer que él amaba y la que quería para toda su vida.

—Por supuesto que te quiero. Te considero mi amigo, por esa razón estás aquí, en mi casa, con mi hija. No busqué nada, ¿piensas eso? ¿Que soy de esas mujeres que buscan un amante más joven para sentirse de su misma edad?

—Jamás le propondría matrimonio a una mujer así. ¿Solo me consideras tu amigo? ¿Es esa la razón?

Agatha ahogó un sollozo.

—No, tengo más razones: una locura, una tontería y una decisión muy equivocada para los dos. Hay tantas diferencias que un matrimonio es imposible.

—¿Entonces piensas que no podría haber un matrimonio?

—¡Acabo de decirte que no!

Max se quedó en blanco. La miraba a los ojos, buscando la confirmación de todo lo que decía.

—Así que no sientes nada. Solo una amistad.

—Te considero mi amigo, sí.

—Y es solo por eso que me has invitado a Ashfield.

El silencio de Agatha esta vez no lo dejó frío. Seguía con atención sus ojos. Algo, un pensamiento, había cruzado por la mente de Agatha y le había nublado la vista. Sintió esperanzas.

Se sentó en el piso y le tomó las manos para besárselas, después siguió por las piernas y las rodillas, subiendo el camisón y el abrigo. Agatha le abrazó la cabeza y se reclinó contra él. El susurro con el que le hablaba le dio más esperanzas y más alegría.

—Es una locura, Max.

Él le tomó la cara entre las manos y la besó en los labios.

—Es una locura y no puedo cometer una locura. No a mi edad. No con una hija.

—Dime que me amas y verás que no es una locura. Dime que no estoy equivocado y que sientes lo mismo que yo.

—¿Y si lo sintiera?

—¿Qué mejor razón para casarnos?

—¡Ni siquiera nos conocemos lo suficiente!

—Creo que te conozco lo suficiente como para saber quién eres. Y quién eres me conmueve hasta las entrañas y me hace sentir que es exactamente lo que quiero en la vida. Hablas de nuestras diferencias y no de lo que nos une. Amamos los libros tanto como la tranquilidad. Amaste estar en una excavación y estoy convencido de que serías de gran ayuda en una campaña donde no hubiese alguien que se considere como la dueña de todo. Por sobre todo, no veo una mujer más apropiada para mí. ¿Cómo puedes pensar en las razones para no casarnos cuando hay tantas para hacerlo?

—Somos amigos.

—¡Más que eso! Hemos demostrado ser buenos compañeros. La vida nos puso a prueba justo a tiempo y pasamos mil aventuras juntos, ¿crees que no podremos vivir una vida unidos?

—No lo sé.

Max le tomó la cara entre las manos y la besó por cada rincón. Llegó incluso a sentir el sabor de sus pestañas y sus lágrimas en la boca. Ella respiraba agitada y la notaba tensa y frágil al mismo tiempo. ¿Cómo demostrarle que no quería hacerle daño, que solo quería ser feliz junto a ella?

—Dime que no me amas y me iré.

—Max…

—Dímelo. Te creeré. No eres capaz de hacer daño a nadie y menos a mí.

De nuevo el silencio lo hizo feliz. La besó en los labios, en el cuello, le acarició los pechos y apoyó la cabeza en sus rodillas. Agatha se inclinó de nuevo sobre él, apoyando la frente en su cabeza.

—No puedo casarme contigo Max. Sé que hay sentimientos entre nosotros y no estoy tan vieja como para haber olvidado lo que se siente cuando uno está enamorado de alguien…

—¿Lo estás?

Ella le tomó la cara entre las manos. Lo besó y él le devolvió el beso con amor.

—Estoy enamorada, sí. Encantada con mi aventura de novela. Encantada de haberla vivido en lugar de haberla escrito. Pero esto no es una novela y no puede terminar bien. No, no hables más. Te lo pido por favor. Hablar más sería empezar a sufrir. Te agradezco esto. Hace años que no me sentía así y tú lo has logrado. Te lo agradezco tanto que se me agranda el corazón de tal manera que podría llenar la habitación. Pero no puedo responder a lo que me pides. Puedo ser tu amiga, lo seré siempre. Mi casa siempre estará abierta para recibirte. Pero no puedo hacerle caso a una fascinación o a un sentimiento que nació en circunstancias que no volverán a repetirse.

Max comprendió que insistir no era el camino.

Había logrado, por lo menos, la confesión de que un sentimiento existía. Era como excavar por primera vez en un terreno que no había sido tocado en años. Los tesoros aparecerían si uno tenía el método y la constancia suficiente. Él tenía todo eso y más. Por eso era un buen arqueólogo y por la misma razón conseguiría que Agatha reconociese su amor y se casara con él.

Se puso de pie y la besó en la boca y la frente. Le tomó las dos manos y le dijo:

—No te molestaré más por hoy. Mañana me iré en el primer tren que consiga pero en cuanto llegue a Londres hablaremos, te escribiré. No me resigno a perderte o a pensar en una vida sin tu presencia. Me casaré contigo, cuando hayas tenido tiempo de pensarlo. Prométeme que lo pensarás.

—Max…

—Solo esa promesa, por favor.

—Te lo prometo.

19

Opiniones encontradas (en varias libretitas)

Rosalind

Le pregunté a Rosalind qué pensaba de Max cuando la dejé en el colegio. Dijo que le gustaba mucho, incluso más que el coronel Dwyers. Le indiqué que ella no conocía a Dwyers pero me respondió que no hacía falta conocerlo. Que con mi descripción bastaba para hacerse una idea y que Max era mucho más simpático.

Así que Rosalind está a favor de Max. Lo cual es un punto a favor de Max pero un punto en contra para mí porque aún sigo pensando que un matrimonio con él es una locura (además de algo imposible, a menos que nos casemos en Escocia).

Vi a Rosalind y Max en ese fin de semana. Los observé sin pensar en lo que vendría después pero los observé. Max sería una excelente figura paterna para ella, ya que Archie ha decidido mantenerse lejos de su hija (y espero que siga así). ¿Pero cómo imponer la figura de un hombre a mi hija de diez años?

No me extrañaría que Rosalind haya pensado que hay algo dando vueltas. Siempre ha sido la más inteligente de las dos, y de las tres, si incluimos a Carlo.

—¿Te importaría que me volviera a casar? —le pregunté ayer.

Mi niña alzó la nariz como si fuera Hércules Poirot analizando todas las posibilidades en su mente:

—Supongo que alguna vez deberás casarte. No, no me molesta. ¿Es muy natural no?

—Tal vez.

—No me gustaría si te casaras con el coronel. Pero con Max sería interesante. De hecho, creo que podrías casarte con él, comprar un barco e irnos todos de viaje. Y Max es muy bueno jugando al tenis, podría jugar conmigo. Y por sobre todo: a Peter le gusta Max y jamás le sacaría la nariz.

Dos puntos para Max.

Madge

Madge y Jimmy llegaron casi sin avisar para pasar el fin de semana con nosotras. Madge solía decir que no podía pensar nada cuando mamá estaba en la habitación porque ella siempre sabía lo que pensabas. No sé si se trató de poderes mentales o el simple hecho de saber que Max había estado en casa y se había quedado aquí unos días. Creo que Madge llegó sabiendo que él me había propuesto matrimonio. Me mira fijo y trata de leerme la mente.

Estoy segura de que lo planeó todo. Jimmy se llevó a Carlo y a Rosalind a la playa, y Madge y yo nos quedamos solas, preparando el almuerzo en el jardín. Cocinábamos en silencio hasta que me preguntó sobre Max. Le pregunté qué quería saber y me dijo "Lo evidente". Pregunta capciosa, de detectives, justo a mí, que estoy preparando a la señora Marple para hacer su debut como protagonista de una novela.

Le respondí que no entendía qué era lo evidente y me llevó al comedor para hablar, dejando el almuerzo en manos de la cocinera, lo que suele afectarme mucho. Me dijo que no pensara en eso, que había cosas más importantes en las que pensar.

—Ese Max está loco o es un buscavidas.

—Es uno de los hombres más honestos y serios que he conocido en mi vida.

—¿Te hizo una propuesta?

—La hizo.

—¿Y qué le respondiste?

—Que era una locura.

Madge suspiró con una mano en el pecho. Ella fue educada de manera más victoriana que yo, de modo que no me iba a sorprender si se desmayaba sobre el sillón y gritaba pidiendo las sales. Madge es bien dramática, por algo siempre quiso ser actriz. El drama se lleva bien con las hermanas Miller.

—¿Aún estás en contacto con él? Imagino que no.

—Hablamos por teléfono anoche.

Le vi la intención de arrojarse sobre el sillón. Se contuvo porque la criada apareció para llevar la bandeja de platos y copas al jardín. Esperó que la criada volviera a la cocina para seguir hablando.

—Deberías cortar toda relación con él.

—No voy a hacer tal cosa.

—¿Por qué no?

Quise decirle "porque lo amo y no quiero dejar de verlo" pero era la clase de reacción melodramática que Punkie esperaba de mí y yo no quería dársela. Sé que me estuvo observando desde que llegó. Algún signo de pérdida de memoria o conocimiento, preguntas que solo yo y ella podemos responder. Pero no estoy mal, al contrario. El amor de Max me hace sentir feliz como nunca antes. Solo que aún no sé qué hacer con el amor que yo siento.

—Max es un gran amigo y me siento muy bien con él.

—Le pregunté a Jack si conocía a un tal Max Mallowan, de Oxford.

—¿Y qué dijo?

—Que claro, que había sido su compañero en varias clases.

Terrible punto en contra de Max.

¿Cómo podía casarme con un hombre que tenía la edad de mi sobrino Jack? Mi sobrino nació cuando yo era una niña pequeña pero el dato me hizo sentir muy vieja y Madge lo lanzó distraídamente para conseguir ese efecto.

—Tengo amigos de todas las edades, incluso más jóvenes. Y Max llegó a Oxford, muy joven, sin terminar sus años en Lancing, creo que te lo conté.

—Te felicito —dijo Madge estirándose la falda—. Es muy bueno que tengas amigos tan jóvenes.

Pronunció el "tan" para molestarme, como solía hacerlo cuando yo era niña y le tenía miedo a casi todo.

—¿Entiendes que lo único que me interesa es tu felicidad, verdad? Que eres la única familia que me queda y que quiero que tú y Rosalind estén lo más protegidas posible.

—Te entiendo y créeme, no hago otra cosa que pensar en eso.

—¿Entonces piensas en aceptarlo?

—Punkie: cuando Max me propuso matrimonio le dije de inmediato que no. Pero no pude negar que tenía sentimientos hacia él que, como buen arqueólogo, supo buscar. Siento cosas que no creí volver a sentir. Y él siente cosas por mí que yo no creí poder despertar en un hombre. Lo estoy pensando, sí.

—Si decides aceptarlo, no cuentes conmigo para la boda.

—¡Punkie!

—Será lo mejor.

Jimmy

James es uno de mis grandes amigos. Y no miento si digo que es el jefe de la familia. Cuando volvió de la playa con Carlo y Rosalind me llevó a mi biblioteca con la excusa de pedirme un libro. Supe de inmediato que era una excusa porque, considerando su biblioteca en Abney Hall, es él quien debe prestarme libros.

—¿Estás determinada a casarte con él?

—¿Eso te dijo Punkie?

—Dijo que está todo resuelto.

—No es cierto. De hecho, no hay nada resuelto y lo único que hago es llorar y llorar cuando nadie me ve.

Lloraba en ese momento, negando lo anterior.

—Me tomé la libertad de investigar un poco a Max. No te enojes conmigo. La verdad es, como tú dices, un gran hombre. Joven pero serio y honesto. Jack lo recuerda pero no como parte de su grupo de amigos, sino como un muchacho más joven y serio. Y dos amigos en Londres que han oído hablar de él, solo me han dicho cosas buenas.

—Es lo que te digo.

—Solo tengo una opinión, si me permites dártela.

—Claro que sí, Jimmy.

—¿No será acaso que ves todo con una luz romántica? Lo bien que lo pasaste en Ur con los Woolley, el viaje por el desierto, la vida solitaria del arqueólogo, quizá todo eso te hace ver a Max bajo una luz que no es la correcta. Quizá has confundido eso con un sentimiento que no es tan fuerte como parece.

Quise reír a carcajadas. El viaje por el desierto había sido interesante, pero no romántico, al menos en la forma en que se lo suele imaginar: una mezcla de *Las mil y una noches* y una película de Rodolfo Valentino.

—Jimmy, puedo asegurarte que no es así. Las avispas en el desierto no son nada románticas, ni el calor, ni la arena que se te mete en todas partes. En medio de todo eso conocí a Max, en circunstancias excepcionales pero que me sirvieron para darme cuenta de quién es y de que, si decido aceptarlo como esposo, seré feliz junto a él.

—Por supuesto, es tu decisión. No debo decirte que tememos que ocurra algo parecido a lo de hace unos años.

—Lo sé. Y sé que me han estado vigilando. Estoy nerviosa, sí, pero no porque esté triste o deprimida o sienta que mi vida pueda desaparecer. Mis sentimientos hacia Max son genuinos y creo que sus sentimientos también lo son.

—Max no es lo que hubiese imaginado para ti, pero tampoco creo que sea un hombre sin sentido o buena cabeza.

Creo que llegará lejos y veo que tú también lo crees. Cuenta conmigo para lo que necesites.

—Gracias, Jimmy.

Punto para Max.

Sus sentimientos son genuinos. No hay dudas.

Pero las circunstancias me atormentan y tengo miedo.

Mucho miedo.

Katharine

Debí sospechar que Katharine se enteraría de un modo u otro. Qué mujer extraordinaria.

Una *alleumeuse*.

Una llamarada capaz de prenderte fuego a ti y a toda la casa con un rayo de su ira.

Dijo que estaba a favor del casamiento, que iría a Edimburgo a hacer de testigo si era necesario. Pero que el casamiento debía ser en dos años. Que era muy perjudicial para una mujer de mi edad adelantar semejante decisión. Que debía hacer esperar a Max, para que supiera que no podía tenerme inmediatamente, que debía esperar por mí.

No escuché lo que siguió de la conversación porque no podía dejar de preguntarme por qué en dos años y no en seis meses o tres años.

En fin, tanto Leonard como ella me darán su bendición pero en *dos* años.

Punto para Max pero es un punto inútil.

La opinión de Katharine no importa.

Max

Max está a favor del matrimonio, por supuesto.

Punto para Max.

Pero él quiere casarse en unos meses. Lo llamé porque no podía dejar de pensar en los "dos años" de Katharine. Max, inteligente, me lo explicó: es probable que para esa fecha se de por concluida la excavación en Ur. Katharine no toleraba la presencia de otra mujer en el campamento y, si se casaban, entonces debía aceptarla.

Le dije muy seria a Max que quería casarme pronto porque a mi edad no podía esperar mucho más.

Él dijo que aceptaba encantado, por supuesto.

Le pregunté si no se daba cuenta de que era un error.

Y me dijo que lo había pensado y se había preguntado si no eran imaginaciones propias de una mente fascinada con una escritora famosa.

—Te vi y me di cuenta de que no era cierto. Eres tú a quien quiero. Y a nadie más. Te estoy esperando en Londres. Lo quiera Katharine o no.

—Es un gran riesgo.

—Sí, pero no me importa correrlo. ¿Se suele ir a algún lugar sin correr riesgos? ¿Se puede tomar el Orient Express sabiendo exactamente qué va a suceder?

—Te amo, Max.

—Yo también te amo, Agatha.

Carlo

Acabo de llorar durante media hora con Carlo.

Ella sabe de mi dolor, de lo que sentí con la pérdida de Archie. Ella sabe lo que sufrí por Rosalind y lo que sufrí por mí. Sabe lo que fue viajar a Canarias y escribir una novela porque mis editores me obligaban.

El misterio del tren azul.

Una de las cosas más horribles que he escrito.

Carlo está a favor de Max y de casarnos en septiembre.

Lo cual casi define el partido.

Max puso esa fecha ayer, cuando le avisaron la fecha de partida de la nueva campaña de Leonard Woolley a Ur. Me dijo que está seguro de que Katharine adelantó la partida para que no tengamos tiempo de casarnos y me pidió que adelantara la decisión.

Carlo fue sencilla:

—Preparamos todo y nos vamos a Skye de vacaciones. Llevamos a Rosalind y a mi hermana Mary con nosotros. De allí a Edimburgo hay muy poco tiempo de viaje. Leerán las amonestaciones y tú y Max pueden casarse en la iglesia de Santa Columba. ¿La conoces?

—Solo escuché hablar de ella.

—Es muy bonita. Si lo que quieres es casarte con Max, entonces no hay lugar más bello.

—¿Y no crees que es una locura? ¿Algo apresurado?

—He visto gente esperar dos años y ser muy miserables en su matrimonio. Y he visto gente casarse en cinco meses y ser felices. No me he casado pero creo ser muy observadora. La vida matrimonial depende más de cada persona que de cuánto pueden llegar a conocerse. Al contrario de Archie, que era un hombre muy diferente, tú y Max se parecen mucho. Me los imagino leyendo frente al fuego y enseñándole todo tipo de conocimientos a Rosalind. La convertirán en la jovencita más inteligente del mundo y no sabré de qué habla nunca más.

—Anoche hablé con Max y me pidió que fuera a verlo. Iré la semana que viene y hablaré con él. Le diré mi decisión en ese momento.

—Piensa en tu felicidad antes que en nada. Por favor.

—Lo haré.

Agatha

Mañana salgo para Londres. La excusa es ver a la gente de Collins y entregar el manuscrito de *Muerte en la vicaría*, pero voy a ver a Max.

Mi decisión será la final.

Pero aún no sé qué decisión será.

20

La biblioteca más grande del mundo

—¿Leonard? ¡Qué sorpresa! ¿Ocurre algo?

—Agatha, querida, no ocurre nada grave. ¿Cómo estás? Qué agradable es verte en Londres.

Agatha lo hizo sentar en los sillones del recibidor. La criada se había quedado esperando en la puerta la orden de servir el té o algún refrigerio pero Agatha le ordenó que se fuera sin más. Sospechaba que Leonard no estaba para hacer sociales.

—¿Tenemos un junio frío, no es cierto?

—No lo he sentido. En Torquay estamos disfrutando mucho de la playa.

—Me imagino. Siempre quise una casa frente a una playa…

Agatha hizo un sonido con la garganta como si dijera "Ay, qué bello" porque no tenía suficiente entusiasmo para responderle. Desconfiaba de esa visita sorpresiva, sobre todo porque esperaba a Max dentro de una hora, para tomar el té y hablar definitivamente sobre el futuro.

—He visto a Max en el Museo —murmuró Leonard.

—Sé que estará ahí hasta las cuatro y treinta.

—Hasta las seis en realidad, tiene que catalogar un nuevo cajón de tablillas súmeras. Muy interesantes realmente. Un nuevo fragmento del poema de Gilgamesh y otros himnos sagrados. Nos queda mucho trabajo por delante.

Agatha ocultó su furia. Desde que se habían enterado de que ella y Max pensaban seriamente en casarse, aunque no estaba confirmado, Max había recibido mucho más trabajo del que solía hacer. Él lo realizaba pero también le había confesado en una carta que era tiempo de dejar a los Woolley y buscar nuevas expediciones.

—Me alegro que sean interesantes. Vi el arpa en el periódico. Muy bella, realmente. Espero poder hacerme unas horas para ir al Museo y observarla de cerca.

—¿Has visto? Avísame cuando puedas y te daré una visita personalizada. Cuando la desenterramos mis ojos no podían dejar de admirarla. Probablemente del 2400 antes de Cristo. Una bella cabeza en oro y piedras preciosas. Las piedras no son originarias de Ur, así que llegaron a través del comercio. Hicieron el mismo viaje que nosotros. Probablemente sean de Siria o de Turquía o más allá. Extraordinario, realmente.

Agatha le sonrió. En Irak podía haberse sentido extasiada ante el relato de Leonard. Pero en ese momento no sentía ningún interés en los descubrimientos de Ur y sí en los *tell* de Siria, donde la imaginación de Max planeaba un futuro juntos.

—¿Cómo está Katharine? —preguntó Agatha alisándose la pollera como hacía su hermana Madge.

—Bien, con sus dolores de cabeza, pero contenta de atender a la prensa y preparar el próximo viaje.

—Me imagino que deben ser tareas complicadas.

—¡Terriblemente! Pero Katharine las disfruta.

“Como disfruta dar órdenes”, pensó Agatha molesta.

—Venía a hablarte precisamente de algunas cosas sobre el viaje —murmuró Leonard con un poco de temor. Los ojos azules del hombre se fijaron en ella como para observar su reacción.

Agatha simuló que estaba tranquila.

—Dime, Len.

—Hemos estado hablando sobre tu matrimonio con Max. Y déjame decirte que Katharine y yo estamos completamente a favor. De que se casen dentro de dos años. Será lo mejor para todas las partes incluidas.

—¿Cuántas partes incluidas hay en este matrimonio?

—Bueno, debes pensar en los patrocinadores, claro.

—¿Patrocinadores?

—Las excavaciones no se financian solas. Katharine es una gran diplomática y consigue el dinero de fondos privados. Los patrocinadores no verían bien que hubiese una mujer en una excavación en las tierras del patriarca Abraham.

—No termino de entender, Leonard.

—Tu matrimonio con Max no está permitido. Según nuestra iglesia solo puedes casarte con Max si Archibald Christie, tu marido anterior, fallece.

Agatha sintió una irritación tan profunda al escuchar el nombre de Archie que casi se levanta y echa a Leonard de su casa. No lo hizo por Max, para que no perdiera su trabajo.

—Supongo que no les importa que nos casemos a través de la iglesia de Escocia.

—Sigue siendo ilegal ante los ojos de nuestros patrocinadores. Lo mejor es que no vayas a Bagdad, de hecho.

—¿Perdón?

—Sé que tienes planeado ir a Bagdad a esperar a Max.

—Es una idea que aún no se ha confirmado —dijo Agatha con voz firme—. Como el matrimonio. Como es de esperar, si se lleva a cabo o no el matrimonio, serán informados. Pero si quiero ir a Bagdad con mi marido, lo haré, así como si un día se me ocurre ir a la China con él, o a la ciudad de Manchester. No es asunto de ustedes, ni de nadie, decidir a qué lugar voy con mi marido.

—Lo sé, lo sé, es que Katharine pensó…

Ella se puso de pie para obligar a Leonard a dejar la casa. Le señaló la puerta con el brazo y el hombre comprendió enseguida.

—Envíale saludos a Katharine, Leonard. Gracias por la visita.

Le cerró la puerta en la cara antes de que Leonard pudiera decir algo.

Max llegó una hora y media después de lo previsto, pero Agatha, hábil cocinera, tenía todo preparado para que estuviera perfecto. La llenó de besos a escondidas de la criada y la dejó llorar un poco, como cada vez que se veían.

El sentimiento no le era desconocido. De joven había estado dos veces a punto de casarse con jóvenes mucho más serios y agradables que Archie y después de muchas dudas y vaivenes se había decidido por Christie. La guerra les ofreció tiempo para pensar y pasaron varios años de dudas, peleas, finales y reconciliaciones antes de que, finalmente, se casaran.

Max era otro hombre y ella una mujer distinta de la niña que había sido. Pero las dudas le daban vueltas en la cabeza y la agobiaban.

—¿Qué dijeron de *Muerte en la vicaría*? —le preguntó Max limpiándole las lágrimas.

—Les encantó y quieren más de la señora Marple. Podré dejar descansar a Poirot por un tiempo.

—Me alegro mucho.

—¿No vas a comer nada?

—No tengo hambre. En cualquier caso lo comeré después. Quiero hablar de lo que me dijiste en tu carta. Quiero que hablemos y definamos la fecha.

—Cuando estoy contigo siento que ya está definido, ¿sabes? Que no tengo ni la más mínima duda. Estoy contigo y me siento tranquila y feliz como ha sido desde el primer momento. Entonces me vuelvo a Ashfield y me invade una oleada de realidad y me pregunto "¿Has perdido la cabeza? ¿Sabes lo que quieres hacer? ¿Qué le dirías a alguien que está a punto de hacer lo mismo?". Y sé qué le diría, Max.

—"Cásate con Mallowan, es un hombre excelente".

Agatha rio y le acarició la mejilla. Él le besó la palma de la mano y la yema de los dedos.

—¿Cómo es que quieres casarte con una mujer quince años mayor que tú?

—¿Y cómo es que quieres casarte con un hombre que desentierra muertos?

—Me gustan los cadáveres y las momias.

—Me gustan las mujeres más grandes que yo.

—¡Max!

—Me gustas tú. Basta ya de dudas, Agatha.

Ella apoyó la frente en su hombro. Era tan perfecto ese estado que quería que durara para siempre. Se sintió fuerte junto a Max, como si nada del pasado pudiera venir a buscarla y asustarla como hacía antes.

—¿Has leído mi historia, Max? La historia de mi desaparición.

—Recuerdo que salió en esos diarios pero no leí las notas. No me gusta esa clase de periodismo.

—Todo el mundo las leyó. Al menos eso me pareció. La prensa se hizo un festín con mi tristeza y desasosiego. "¡La escritora de crímenes ha desaparecido! ¿La mató el marido? ¡Misterio!". Me persiguieron y me encontraron como esas avispas del desierto. Querían saber a la fuerza qué había pasado. La cuestión es que aún hoy me cuesta recordar a mí qué pasó. Sé que mi automóvil desbarrancó y me golpeé y que caminé mucho. En algún momento tomé el tren. Sabía que me iba de viaje pero no sabía a qué lugar. Quería alejarme de mi casa. En ese tiempo vivíamos en Styles, como la casa de la novela. Le pusimos ese nombre, Archie y yo, porque la novela tenía mucho éxito. No fue una buena idea. Archie de repente quiso divorciarse para casarse con Nancy Neele, la mosquita muerta que había jugado golf con él todos los fines de semana. Prométeme que jamás jugarás al golf.

—Jamás.

—No tenía un plan. Era más bien la firme idea de que debía irme a descansar. Carlo me veía mal y Madge y Jimmy me escribían todas las semanas preguntándome cómo estaba. Le dejé una carta a Carlo, en la casa, diciéndole que me iba, y otra a Jimmy, en el correo. Tuve el accidente, tomé el tren y llegué a Harrogate. Me alojé en el hotel Swan Hydropathic como la señora Theresa Neele de Ciudad del Cabo. La otra tomaría mi nombre, así que yo le robé el suyo para que no me encontraran. Me dieron la habitación número cinco y yo tenía apenas una maletita de viaje. Jugué al bridge, escuché que alguien tocaba el piano, creo que sonreí alguna vez a la anfitriona. Me sentía en ese estado extraño cuando te despiertas y sabes qué soñaste y aún sigues soñando. Los periodistas me siguieron hasta ahí. Tuve que pasar por el horror de verme salir del hotel en cada diario de este país. Pero la pesadilla no terminaba. Archie insistió una y otra vez con el divorcio. Y yo no quería divorciarme. Le tenía terror al divorcio, a la separación, a que me vieran como una mujer sin hombre. Una descastada. Una mujer victoriana aceptaba a la amante de su marido, no un divorcio. Llegué tan bajo que le sugerí a Archie que se la quedara como amante. Él no quiso. Su felicidad y la de Nancy eran lo más importante.

—¿Y aún en estos cuatro años no ha cedido el dolor? Te amo, Agatha, pero no quisiera casarme si ese dolor aún no cede.

—Creí que no había cedido. Te conté que fui a un psiquiatra, ¿verdad? El doctor cree que la contusión del automóvil hizo que me olvidara de quién era. Como en las historias de Lewis Carroll. Creí que me había perdido para siempre. Que no podría recuperarme. Hasta que un día me encontré en el Orient Express rumbo a Irak con la desesperada necesidad de vivir una aventura. Y no era cualquier mujer, era una escritora, perseguida por Hacienda, y por lo tanto muy importante, que iba sola a Irak. A pesar de que el nombre me traía malos recuerdos, Agatha Christie era una mujer conocida. Y tú sabes cómo desconfío de todo y me gusta mi reserva pero ese nombre se volvió una armadura con la cual moverme por el mundo. Creo que estamos a mano con Archie. Él no ha podido darle del todo su nombre a su mujer. Hay otra "señora Christie" más importante.

Max lució muy apenado y preocupado.

—Me llevará un tiempo entender todo tu sufrimiento y lo que sucedió en esos días. Tú me ayudarás a entenderlo, por supuesto. Pero no quiero que quedes atrapada en ese pasado. Vamos, Agatha, ven conmigo. Hay pasados más atractivos que ese que tantas lágrimas te causa.

Agatha le besó los labios con pasión.

—Ahora hablemos de la señora Mallowan.

—Dime.

—Te amo, Max. Quiero ser la señora Mallowan. Y tengo mucho miedo. Porque sé cómo es la vida de casados y las miserias que se ponen en juego. No soportaría que tú también me traicionases. A diferencia de Archie, que era como el hombre del fusil, no creo que la traición sea parte de tu persona.

Agatha hizo una pausa y siguió:

—En esos días del divorcio con Archie repetía mucho el salmo 55, ¿lo conoces?

—No.

Agatha le recitó:

—"No, no es un enemigo quien me afrenta; eso lo soportaría. No es uno de los que me aborrecen el que se insolenta contra mí; me ocultaría de él.

Eres tú, un otro yo, mi amigo, mi íntimo".

—Lo único que quiero es hacerte feliz. Si es necesario repetírtelo mil veces, lo haré.

—Me asusta el futuro, Max. No este presente de felicidad.

—¿Piensas que a mí no? ¿Crees que no sé que puede pasar de todo? He visto capas y capas arqueológicas. Rastros de guerras y muertes. No todos son cementerios con bellas reinas para que algunos se pavoneen. Son personas como tú y yo que vivieron sin saber qué traía el futuro. Agatha, amor mío, no puedo asegurarte que seremos felices para siempre. No a ti, que sabes que eso no existe. Pero puedo asegurarte que te amo, que creo que seremos los mejores compañeros y podremos afrontar todo lo que la vida nos ponga por delante.

—Así me siento cuando estoy contigo. Y luego te vas y me entra el miedo. Soy lenta, Max, y tardo en aceptar las cosas.

—Casémonos cuanto antes y solucionamos ese problema.

—¿Sabes qué me pasó contigo? Jamás imaginé que podrías verme atractiva. De hecho, pensaba que ibas detrás de Katharine.

—Jamás.

—Así que me sentí tranquila y confié en ti. Y resultó que me enamoré de tu tranquilidad y tu humor. Y tu compañía se hizo tan necesaria.

—Septiembre.

—¿Qué?

—Nos casaremos en septiembre. Ya lo tengo decidido. Te irás a Escocia por unas semanas, dirás a tus amigos que son vacaciones.

—Eso dijo Carlo. Que allí estaremos bien con su hermana y Rosalind.

—Me gusta ver que Carlo y yo congeniamos. Evitaremos esa prensa que tanto miedo te da. Nos escribiremos cartas apasionadas y le hablarás muy bien de mí a tu hermana Madge. ¿Aún se niega a aceptarme?

—Ella quiere mi felicidad, estoy segura. Es lenta como yo, pero terminará queriéndote y aceptándote. Jimmy está a nuestro favor y también mi sobrino Jack. Rosalind ya lo sabe todo, imposible ocultarle algo a esa niña.

—Perfecto. Nadie sabrá de nuestra historia hasta que esté confirmada. Nos casaremos en Edimburgo y partiremos para Grecia, donde pasaremos la luna de miel.

—¿Ya tienes todo listo?

—Clarísimo.

—¿Y llegarás a tomar los trenes con tiempo o piensas correrlos como siempre?

—Si me prometes ser ordenada llegaré quince minutos antes de la salida de cada tren.

Los dos se rieron. Agatha se acomodó en el hombro de Max sabiendo que podía descansar allí tranquila, sin sobresaltos de ningún tipo.

—Nos queda el problema de Katharine —susurró Agatha mientras le cortaba una porción de torta y le servía el té que ya estaba frío.

—¿Qué hay con Katharine?

—No quiere que vaya a Bagdad en la próxima campaña.

—Santo Dios. Me imaginaba que no quería que fueras a Ur si nos casábamos, no tolera otras mujeres cerca, pero ¿Bagdad? ¿Qué clase de pedido es ese? No es un pedido, es una afrenta.

—Una falta de respeto. Muy propio de Katharine. Leonard estuvo aquí hace dos horas. Vino a transmitirme la información de que no sería bienvenida en Ur. Y que tampoco en Bagdad.

—Insolentes. ¿Cuál fue la excusa?

—Los patrocinadores. Que Katharine hace un esfuerzo encomiable en conseguir dinero para la excavación y que a ellos no les gusta que vaya una mujer en mi estado. Tú sabes, divorciada, vuelta a casar y con el marido vivo.

—¡Nos casaremos por la Iglesia de Escocia!

—Sí, pero al parecer no es razón suficiente. Max... no quiero que pierdas tu trabajo.

—¡Es increíble! Pero no te preocupes, Agatha, ya me estoy ocupando de todo. Tuve una entrevista con Campbell-Thompson, como te escribí hace unos días. Tengo una buena noticia: él también me está buscando. Que mi madre sea francesa ayuda mucho. A los franceses les gusta la idea de que un descendiente de Francia excave en Siria. Es muy posible que esta sea mi última excavación en Ur. Y créeme estoy preparado a soportar cualquier cosa mientras voy tachando los días para mi libertad.

—Dime algo.

—Lo que quieras, amor mío.

—Si no fuera por esta situación con Katharine, ¿seguirías trabajando con Leonard?

—Katharine y Leonard vienen juntos así que la pregunta no tiene mucho sentido. Pero si no fuera por Katharine la expedición sería mucho más atractiva y podría llevar a mi esposa. Pero más allá de eso: ya es tiempo de dejar a Leonard. Él es todo tesoros y fotos en los periódicos. Hay otras formas de hacer arqueología, por eso me paso los días leyendo, y quiero ponerlos en práctica. Comenzar un modo nuevo que no tenga que ver con lo espectacular sino con el verdadero conocimiento.

—Eres demasiado inteligente para mí.

—Tonterías. A menos que no hayas escrito *El asesinato de Roger Ackroyd*. Entonces sí, soy demasiado para ti.

—¡Malvado! —dijo Agatha riendo—. Así que ya lo leíste.

—No puedo casarme contigo sin haber leído tus libros. Son maravillosos.

—Gracias.

—Espero que algún día me dediques uno. Después de casados, por supuesto.

—Por supuesto. ¿Max?

—Dime.

—Creo que vamos a ser felices: tendremos la biblioteca más grande del mundo.

—Creo, Agatha, que acabas de definir la felicidad.

21

El hombre del fusil

Nunca le habían desagradado las columnas del Museo Británico. Al contrario. Podía apoyarse en ellas y sentir una especie de vibración de todas las obras que albergaba el edificio. Trabajaba allí. Tenía a su disposición esos tesoros y le impresionaban cada mañana cuando entraba a trabajar y cada tarde cuando dejaba de hacerlo.

Pero eran las cinco de la mañana. Salía del Museo cansado, con los ojos llenos de trazos en forma de cuñas aplastados en un ladrillito de arcilla que casualmente había sobrevivido al paso del tiempo. Las cinco de la mañana y le dolía la espalda, el cuello, hasta los dientes, de tanto trabajar y dejar listos los caprichos de Leonard y Katharine.

La última carta de Agatha había llegado el día anterior y la llevaba en el bolsillo de la chaqueta. El otoño ya se hacía sentir a principios de septiembre pero cerraba los ojos y recordaba la carta y todo cambiaba cuando pensaba en ella.

Se despidió del sereno del museo anunciándole, feliz, que no volvía hasta el año próximo porque iba a casarse. El hombre lo felicitó con simpatía. Max pudo recorrer el camino hasta su casa más o menos despierto para después arrojarse sobre la cama y dormir hasta la tarde de ese día.

El criado lo despertó con el té y la noticia de que los Woolley habían pasado por la mañana preguntando por él —muy propio de ellos, jamás considerar que sus acciones afectaban a los demás— y que querían verlo por la noche.

"Hasta el último día" pensó Max mientras devoraba como un glotón todo el té, pastelitos y tostadas que el criado le había preparado. "Hasta el último día me tendrán al trote, como un caballito, porque no hice lo que ellos quisieron. ¡Al Diablo! Que me hagan trabajar todo lo que quieran, me casaré con Agatha y morirán de envidia".

Max releía la carta de su futura esposa mientras comía. Agatha estaba ya en Broadford, en la isla de Skye junto a Rosalind, Carlo y su hermana, Mary Fisher. Cada cuatro o cinco días recibía cartas llenas de amor y él las contestaba igual de completas. Era delicioso leer las descripciones de la isla que hacía Agatha, el mar frío, las montañas escarpadas y nevadas, el castillo medieval que habían visitado y que había divertido muchísimo a Rosalind.

"Verás, quiere hacerse reina —o algo así— para mandar a cortar cabezas. Le sugerí que leyera a Lewis Carroll y me dijo que ya lo habían leído en la escuela y que no quería nada de esos cuentos de hadas sin sentido. "Quiero cortar cabezas de verdad, mamá, como una *verdadera* reina". Carlo y yo procuramos mantenerla alejada de la cocina, no sea cuestión de que nuestras cabezas empiecen a rodar *verdaderamente*".

Tenía muchas esperanzas puestas en la vida futura con Agatha y Rosalind. La niña era encantadora y se divertía muchísimo con sus ocurrencias. De hecho, no eran ocurrencias. La niña buscaba datos reales, hechos fundamentados y él siempre estaría listo para ofrecérselos. Él sería una especie de Enciclopedia Británica para Rosalind y se divertirían juntos recorriendo el mundo a través de los libros mientras Agatha soñaba con sus historias de investigadores sagaces y crímenes de solución difícil.

No le resultaba extraño que Agatha encontrara a su hija desafiante. Agatha no hacía otra cosa que compararse con las mujeres que tenía a su alrededor, Rosalind incluida. En esas comparaciones siempre se sentía menos, ya fuera porque no había recibido educación, ya fuera porque pensara que era más inteligente o más bella. El divorcio de Archie había terminado por sellar esa permanente timidez y temor a la invasión de un espacio que le era propio.

Entendía ahora, mucho mejor, a la Agatha que había conocido. No se había imaginado que iba a recibir esas cartas amorosas y llenas de muestras de cariño que le confirmaban que había estado en lo cierto al pedirle que se casara con él, y que ella estaba cada día más segura de su amor. Los dos se comprendían y amaban y la vida, soñaba Max, sería buena y tranquila.

Cuando leyó la carta que habían dejado los Woolley se sorprendió, pero de inmediato entendió y revoleó los ojos hacia el cielo. Ellos estaban demostrándole qué clase de poder tenían y que él, todavía, era un subordinado: el papel decía que lo esperaban a las diez de la noche, después de la cena. Max Mallowan, al desobedecer a sus jefes, había perdido la gracia de cenar con los reyes de Ur.

Ordenó sus papeles y comprobó que la gran mayoría de su ropa ya había sido empacada para salir hacia Escocia a la mañana siguiente. Le recomendó mucho al criado que se ocupara y duplicó la propina para asegurarse de cumplir con la promesa que le había hecho a Agatha de tomar a tiempo los trenes. Cuando el reloj dio las ocho, después de una cena liviana, se vistió para la última visita a los Woolley antes de volver a verlos en Irak. Suspiró un par de veces y subió al taxi que le había conseguido el criado.

Los Woolley, como reyes ofendidos que eran, lo hicieron esperar en la entrada de la casa que alquilaban. Leonard estaba en su estudio y la señora en su habitación. Desde que habían conocido la fecha del casamiento de Agatha y Max, el once de septiembre, Whitburn se había convertido en el favorito definitivo de Katharine, para felicidad de todos, menos de la propia Katharine.

Después de diez minutos le anunciaron que los señores lo recibirían en el estudio de Leonard. Una criada lo acompañó hasta allí, como si temieran que se robara algo.

—Buenas noches —dijo al entrar en el estudio.

Los ojos azules de Leonard brillaron de simpatía al verlo. Katharine lanzó una bocanada de humo y miró hacia otro lado, como si estuviera en una película. A Max le pareció increíble que Agatha pudiera compararse de alguna manera con una mujer tan imposible como Katharine.

—Siéntate, Max —dijo Leonard señalándole la silla frente al escritorio y al costado del sillón que ocupaba Katharine.

—Gracias.

No dijo nada más. Era una entrevista donde se le dirían cosas que él debía aceptar sin cuestionamientos. Tal como en Lancing, el silencio era la mejor opción.

—Estuve revisando tus catálogos y traducciones de las tablillas —le dijo Leonard—. Están muy bien. Igual que los perfiles de las cerámicas. Pronto podremos escribir ese libro sobre Ur que me interesa. Será una obra monumental, digna de la ciudad de Abraham. Me entusiasma mucho.

—Seguramente será un gran trabajo.

—Tantos años de esfuerzos no han sido en vano. Seguramente escribirás un capítulo o dos. No lo sé, primero habrá que planificar la obra.

—Será un honor contribuir a la obra —dijo con muchísima sinceridad—. Gracias por el ofrecimiento, Leonard.

Woolley tomó un sobre que había sobre el escritorio. Max no pudo dejar de mirarlo. Le pareció reconocer la letra.

—Estoy intrigado por una carta. Mi amigo Reginald me escribió preguntándome por ti.

—¿Reginald Campbell-Thompson?

—El mismo. Un gran epigrafista, no tan buen arqueólogo. Me pide referencias sobre Max Mallowan.

Katharine se movió en el sillón.

—Al parecer ya no te interesa la ciudad de Ur —dijo ella con los dientes apretados.

—Creo que la ciudad de Ur me interesará siempre —dijo Max—. Pero cumplo en informarles que esta será mi última campaña en Ur. Seguramente la carta te llegó hace unas semanas. Ya hablé con Campbell-Thompson y está dispuesto a aceptarme a mí y a mi esposa en la excavación en la antigua Nínive.

Dejó claro con su tono de voz que lo que más le importaba era llevar a Agatha a Nínive con él. Katharine resopló y encendió otro cigarrillo. Max empezaba a entender por qué Agatha detestaba tanto el humo. Lo que seguía sin explicación era por qué Leonard, un hombre gentil y educado toleraba a una mujer como Katharine.

—Bien —dijo Leonard, que evidentemente ya lo sabía—. Sabes de sobra que no es más que un epigrafista que no se interesa por la arqueología. Y menos todavía por la prehistoria. ¿Qué vas a hacer con él?

—Precisamente, ser arqueólogo. Trabajar. Aprender. Poner en práctica toda la experiencia que adquirí en Ur.

—Qué hombre generoso, Campbell-Thompson —murmuró Katharine—. Bien, Max, mi dolor de cabeza es atroz así que vamos al grano. Leonard y yo esperamos que tú y Agatha sean muy felices en la luna de miel. Lamentablemente tenemos que informarte que nuestra llegada a Bagdad se ha adelantado.

—Ya me han informado sobre ello.

—No. Se adelantó una semana más.

—¿Perdón?

—Deberás estar en Bagdad para el 18 de octubre.

Max se enfureció.

—Les informé que estaré de viaje en Grecia hasta el 16. No hay manera de llegar a Bagdad el 18 de octubre.

—Deberás encontrar la manera.

Max perdió toda su amabilidad. Le habló directamente a Katharine.

—¡Increíble! ¡Una verdadera falta de respeto!

—Cuidado con lo que dices.

—No debo tener cuidado porque mi educación me impide decir lo que pienso en este momento. Agradece a mis padres los años de Lancing y Oxford.

—Qué hombre ordinario eres. Ahora entiendo por qué Agatha quiere casarse contigo. Es imposible que te tenga miedo. Ni siquiera eres lo suficientemente hombre como para insultarme.

Max no tuvo tiempo de ofenderse.

Leonard gritó:

—¡Katharine!

—¿Me reprochas que le diga eso?

—¡Por supuesto! Max es un miembro de nuestra campaña y ha sido uno de los mejores hombres con los que hemos trabajado.

—Un cobarde. Uno que baja la cabeza cuando lo llamo. Igual que todos. Igual que tú.

—Ahora ten cuidado tú con lo que dices —dijo Leonard con un resentimiento que llamó la atención a Max—. Katharine, déjanos solos. Quiero hablar con Max.

—Por supuesto que no lo haré. Lo que le digas, o bien es de mi interés o bien ya lo sé. No hay secretos entre nosotros, ¿recuerdas? Es nuestro pacto. Nuestro compromiso.

—Lo recuerdo bien —dijo Leonard con amargura—. Quieres quedarte. Bien, quédate. Escucha lo que tengo para decirle a Max. Primero, Max, te debo una disculpa. Mi esposa es una irrespetuosa. Por alguna razón, cree que puede hacer todo lo que quiere. Algunos pensarán que actúo sin saber lo que es, lo que hace, o lo que dice. Incluso algunos pueden pensar que la amo. A la mayoría los he visto mirarme confundidos, preguntándose qué hago con ella.

Katharine encendió un nuevo cigarrillo y miró desafiante a Leonard, sabiendo lo que iba a decir y disfrutándolo. Una película, una obra de teatro. Max se sintió asfixiado por el humo.

—¿Cómo puede alguien amar a una persona como Katharine? —preguntó Leonard. Max no supo qué decir—. Explícame cómo alguien puede amar a un ser tan egoísta y caprichoso como ese que tienes ahí enfrente. En la vida de Katharine solo hay lugar para un amor. Ella misma.

—Leonard, no sigas —dijo Max muy incómodo y tratando de ponerse de pie—. No hace falta.

—No, no entiendes, Max. Debo seguir, al menos que alguien sepa la verdad, ¿no Katharine? Por favor, quédate. La verdad es que jamás nos amamos, no en ese modo en que parece que Agatha y tú se aman. ¿Por eso los envidias, no es cierto?

Katharine resopló y se rio sin ganas.

—Creo que en realidad los envidia y uno envidia eso que no puede tener pero ni siquiera lo desea para sí mismo. Lo envidia porque el otro lo tiene. ¿No, Katharine? Max, ya sabes la historia: Katharine llegó a la excavación a principios de 1925 y realmente probó ser de utilidad. Nunca había tenido a un dibujante tan bueno y lo necesitaba como se necesitan tantas cosas en una excavación. La contraté, no me arrepiento de esa decisión, en absoluto. Fue lo mejor que pude conseguir en ese momento. Por eso ella te entrevistó luego. Sabía lo que hacía. Pero en cuanto el rector de la Universidad de Pennsylvania supo la noticia me dio a entender que una mujer sola rodeada de cuatro hombres en una excavación era algo intolerable. Que las habladurías serían demasiadas si los descubrimientos eran los esperados. Los patrocinadores. Debía pensar en los patrocinadores. Debía mantener la financiación de la universidad y quería, realmente, conservar a Katharine. Así que hablé con ella y, ya sabes, nos casamos en 1927. Las cosas no han cambiado tanto como parecen y aún hoy, los ingleses, nos casamos por conveniencia.

Leonard hizo una pausa para retomar el aliento. Jugó con la carta que le había escrito Campbell-Thompson, miraba fijo la carta mientras siguió hablando:

—Katharine demostró tener buen ojo para buscar patrocinadores. Todos quieren ser el próximo Lord Carnarvon y fotografiarse junto a una máscara de oro. Salir en los periódicos.

Katharine sabe cómo seducirlos. Incluso sabe cómo seducir a otros miembros de la expedición.

—Leonard —pidió Max.

—Déjame hablar. Ninguno de los dos se ofende ya por esto. Katharine y yo llegamos a un acuerdo. Nuestro matrimonio nunca ha sido consumado. ¿Sabes eso? No, no lo sabes. Eres demasiado discreto y demasiado leal. No será consumado nunca. Ambos hemos encontrado poco placentero el encuentro con el otro. Incluso el año pasado investigué las posibilidades de un divorcio.

Max desvió los ojos hacia Katharine. Ella fumaba y lo miraba tranquila, como si nada de lo que Leonard decía tuviera importancia.

—No me molestaría divorciarme, ¿sabes, Max? De hecho, cuando nos informaste de tu casamiento con Agatha, pensé "¡Pero claro! ¿Cómo no se me ocurrió antes?". Agatha es la perfecta compañía para un arqueólogo. Serás feliz con ella. Es una mujer extraordinaria. Yo, en cambio, estoy atado a una mujer cuyos caprichos deben ser cumplidos sin cuestionamiento alguno. Atado a un matrimonio que no se ha consumado. Sé lo que piensan de ella. Y ella lo sabe. No le molesta por supuesto. Ni siquiera le molestará que te cuente por qué quiere saber sobre el hombre del fusil de la pobre Agatha.

Pero a Katharine sí le molestó; Max pudo ver cómo ella desviaba muy despacio sus ojos hacia Leonard.

—Katharine no comprende que excavar en el pasado de las personas lleva a excavar en tu propio pasado. Si excavamos en Ur, allí abajo, en lo profundo, no hay otra cosa que nosotros mismos. Esos objetos no son más que espejos recubiertos en oro y piedras preciosas. Lo que Katharine no te dice es su propia historia, su propia invención. Su hombre del fusil. Más bien su hombre muerto con una pistola.

—No hace falta que… —murmuró Max caminando hacia la puerta.

La voz de Leonard lo detuvo.

—Es mentira, de hecho. El suicidio del marido en las pirámides de Egipto con una pistola. Todo es una gran mentira, una obra de teatro, una película. Siempre dramática, Katharine, como en una ópera grandiosa. Eligió el decorado y todo. La verdadera muerte fue menos interesante. Envenenamiento. ¿Dijo Agatha que las mujeres usaban más el veneno que los hombres? No, ella no lo mató, si eso es lo que piensas. El hombre mismo se envenenó después de conocer la verdad sobre Katharine. Se volvió loco. Ella inventó su propio hombre del fusil para hacer la muerte un poco más atractiva.

Leonard hizo una pausa para recuperarse. Se había agitado y podían verse algunas lágrimas en sus ojos. Nunca lo había visto así y se sentía muy mal por él, apenado. Leonard era un gran hombre y no se merecía a una víbora como Katharine como esposa.

—Toda tu vida es una obra de teatro —repitió Leonard desconsolado—. No es casual, querida, que tu novela no haya tenido éxito, tu mejor obra eres tú.

—Cállate, Leonard. O verás de lo que soy capaz.

—¿De qué eres capaz, Katharine? De nada. Absolutamente nada. Max: el suicidio del marido fue por una verdad que no está a la vista. Una que puede ocultarse fácilmente y que nadie sospechó hasta que ella contrajo matrimonio: Katharine no tiene genitales femeninos.

—¡Leonard! —suplicó Max.

—Su anatomía femenina no es más que un hoyuelo —siguió Leonard sin prestarle atención—. Una extraña condición que descubrió el médico en Egipto y llevó al suicidio a su primer marido. Ella nunca había notado la diferencia. Y aún no la nota, creo, puedes observarla. Está segura de que el resto de las mujeres están mal, no ella. No le interesa lo que decimos, solo le interesa ella misma. Y si te lo preguntas: jamás ha sido amante de Whitburn. Solo encuentra placer en torturar al pobre hombre.

—Me voy…

—Sí, Max. Déjanos con nuestra miseria. Te preguntarás por qué no me separo. No es por el dinero, Ur atrae suficiente dinero como para arreglármelas solo. Ni por lo mal visto que está el divorcio, como la pobre Agatha lo ha sufrido. Ah, no. Es una condición mucho más grave. Ella está enferma.

—¡Leonard! —gritó Katharine.

—¿Qué? ¿Me prohibirás decir justamente eso? ¿Ahora que ya sabe lo otro? Es ridículo, Katharine. Lo supimos el año pasado, mientras vivíamos en la casita de Cresswell Place, justamente. Después de examinarla el médico diagnosticó esclerosis múltiple. Enfermedad extraña que degrada su cuerpo. Tuve que ir a la biblioteca a investigar sobre esa enfermedad. Al parecer sus órganos se van degenerando lentamente. Llegará el momento en que no podrá moverse. Luego sus órganos dejarán de actuar. ¿Cómo quedaría, Max, si me separara de ella? Como un canalla, un hombre desalmado. No lo soy. Aún siento piedad. Podría haber sido un matrimonio extraordinario pero nos quedamos en nuestras propias miserias. Tú, en cambio, Max, lo tendrás. Agatha te hará feliz y cuando el amor ceda lugar a la amistad, ambos vivirán tranquilos. Envidio tu futuro, Max. Dulces noches en Bagdad con Agatha, años de excavaciones y éxitos literarios. Van a ser recordados por la historia.

—Buenas noches —dijo Max poniéndose el sombrero—. Nos vemos en Bagdad.

Salió del escritorio de Leonard sin hacer caso a los últimos murmullos de Leonard ni al grito enloquecido de Katharine:

—¡Ni se te ocurra llegar un día tarde! ¡Necesito un baño nuevo! ¡Es para lo único que sirves!

TERCERA PARTE

En Oriente

"Amo ese generoso y fértil país y a sus gentes sencillas, que saben reír y gozar de la vida, que son ociosas y alegres, que tienen dignidad, educación y un gran sentido del humor, y para quienes la muerte no es terrible.

Insh'Alah, *volveré, y las cosas que amo no habrán perecido sobre esta tierra"*

Agatha Christie Mallowan,
Ven y dime cómo vives.

22

El esposo de Agatha Christie

Enero de 1935,
en Alemania, a bordo del Orient Express

Agatha le había contagiado el amor por los trenes. El Orient Express, por supuesto, era el más adorado de todos los trenes. Ya fuera en el viejo ramal —que iba por Alemania—, o el Simplon Orient Express —que iba por Italia—, Max amaba viajar en el tren y ver Europa desde la ventanilla del vagón comedor.

En el invierno de 1935, Agatha se había adelantado en el viaje. Ansiosa por llegar a la casa de la expedición en Siria y acomodarlo todo, lo había dejado empaquetando libros y más libros. Decía que era su obligación para supervisar que la casa estuviera en perfectas condiciones para recibir al doctor Max Mallowan, jefe de la campaña arqueológica en Chagar Bazar. Como le había dicho a Agatha, tenía el futuro por delante.

El tren parecía repleto de arqueólogos que viajaban rumbo a Oriente. Eso quizá era lo más divertido del Orient Express, la cantidad de arqueólogos que iban en sus vagones. Se reconocían por los apellidos, se sentaban a hablar entre ellos en lenguas que nadie más conocía, discutían gramáticas y proponían hipótesis. Era un pequeño grupo de aventureros que iban en busca del pasado y del presente.

El célebre Claude Schaeffer había subido en Alemania y estaba rumbo hacia Ras Shamra, a la que ahora todos llamaban "Ugarit", la antigua ciudad eje del comercio mediterráneo en Siria. Apareció en el comedor cuando Max estaba cenando con otros dos arqueólogos franceses. El hombre lo reconoció enseguida y lo saludó con alegría. Llevaban varios años de correspondencia y encuentros, más o menos casuales, en algún lugar del camino entre Oriente y Occidente.

Se acercó de inmediato junto con su asistente, Georges Chenet. Comían y hablaban de los viejos tiempos, de los Woolley y el final de la campaña en la ciudad de Ur y el futuro de la excavación en Ugarit.

El asistente de Schaeffer, sentado frente a él, le preguntó con entusiasmo:

—¿Ha leído la novela de detectives *El asesinato de Roger Ackroyd* de la escritora Agatha Christie?

Max sonrió con beatitud.

—Sí, por supuesto. Una verdadera obra de arte. Muy difícil de olvidar.

—Ah —dijo un poco desilusionado Chenet, que al parecer quería sorprender a Max—. ¿Y ha leído *El hombre del traje marrón* y *Asesinato en el Orient Express*?

Max tuvo que echarse hacia atrás en la silla para evitar la carcajada. Claro que las había leído, sobre todo la última. Había sido totalmente necesario. Chenet aprovechó su silencio para explicarle a los demás:

—Verán, este Poirot no es otra cosa que un arqueólogo. Superficie tras superficie va excavando delicadamente hasta que la encuentra: la respuesta a todos los misterios. Un pequeño objeto, una pluma, un pendiente, un frasquito de veneno. Todo tiene sentido para Poirot como si fuese una tablilla escrita en súmero o acadio.

—O en ugarítico —exclamó Schaeffer divertido con su asistente.

—¡O en ugarítico! ¡Qué fantástica historia! Alguien debería decirle a la señora Christie que escriba una historia sobre arqueólogos.

—Mallowan podría sugerírsela —dijo Schaeffer riendo.

—¡Lo he hecho! —dijo Max con aire satisfecho.

—¿Lo ha hecho? —exclamó Chenet desorientado—. ¿Es eso posible?

—Claro que sí. Y creo que me ha escuchado.

El joven abrió los ojos de manera desmesurada.

—¡Usted conoce a la gran Agatha Christie!

—La conozco, sí. Ocurre que soy esposo de la señora Christie.

Chenet se quedó mirándolo. Schaeffer se reía a carcajadas ante la incertidumbre de su asistente. No estaba mal, era de buen arqueólogo desconfiar de todo, preguntarse siempre si una vasija rota no era más que eso, una simple vasija rota que había sido dejada ahí hacía unos momentos por una ama de casa descuidada.

Para convencerlo, Max insistió:

—De hecho, *Asesinato en el Orient Express* está dedicado a mi persona. Si tiene el libro en su poder puede verificarlo de inmediato.

El rostro de Chenet mostró un escepticismo absoluto. Se fue al vagón a buscar el libro. Por su expresión, fue evidente que el joven leyó la dedicatoria antes de volver al vagón comedor; su cara era de total sorpresa. El joven dejó los libros en la mesa y le ofreció la mano a Max.

—Un honor conocerlo, señor Mallowan.

—Igualmente, Chenet.

Chenet siguió hablando de los libros extasiado y Max escuchaba con placer. No era para menos. *Asesinato en el Orient Express* había sido un gran éxito. Al igual que la historia de Roger Ackroyd, la novela tenía una resolución que nadie esperaba y eso la hacía fascinante.

Max conocía toda la historia, incluso el momento que la había inspirado. Así que fue el centro de la comida hasta que terminó. Se sintió feliz y orgulloso —y por qué no vanidoso— al contar cómo Agatha había llegado a esa historia. Todo había sido real, excepto, gracias a Dios, el asesinato y la presencia de Poirot. Guardaba la carta con especial amor.

Había sido en diciembre de 1931, cuando él todavía trabajaba para Campbell-Thompson y se habían separado para la Navidad de Agatha con su hija y la familia de su hermana en Abney Hall. El viaje fue desastroso. El tren se había detenido por varias horas en la estación de Calais. Los pasajeros habían sufrido frío, hambre y sus maletas se habían confundido unas con otras, pero Agatha no se había desanimado ni un poco. Era una aventura más en el Orient Express y así se lo contaba en la carta. La conocía lo suficiente como para saber que las posibilidades de que un tren quedara detenido en el medio de la nieve habían puesto su mente a trabajar. En 1933, la aventura fue publicada como *Asesinato en el Orient Express* de la señora Agatha Christie, dedicada a su marido, Max Mallowan.

Por su resolución magnífica, Max la consideraba, hasta el momento, una de sus favoritas. No podía negarse, claro, que la dedicatoria hacía inclinar la balanza en su favor.

Max había estado siempre seguro de su felicidad con Agatha, de las posibilidades de un buen matrimonio pero no de su suerte. Después de la excavación en Nínive con Campbell-Thompson, el director del Museo Británico había pedido una reunión con él. Temeroso de que lo despidieran por influencia de los Woolley, Max llegó preocupado a la reunión.

En cambio, salió de ella feliz. El director le había informado que los patrocinadores estaban dispuestos a darle una misión arqueológica y que solo debía elegir el lugar donde excavar. Cuando le dio la noticia a Agatha ella no pudo con tanta felicidad y se echó a llorar por él y por todas las dudas que habían tenido hasta ese momento.

Max se arropaba en su litera mientras miraba las estrellas en el cielo y agradecía su buena fortuna. Arpachiyah, un lugar remoto en Siria, había sido el primer lugar donde había excavado en 1932. La felicidad de poder hacer la excavación junto a su mujer era comparable a la de dirigir la expedición. Ella formaba parte del equipo de la expedición y tenía tanto trabajo como los demás. Eran muy felices.

Un solo hecho nubló la felicidad completa de Max. Mientras descansaban en Ashfield, después de la primera expedición en Arpachiyah, Agatha perdió un embarazo de unas pocas semanas. La tristeza los unió más y el matrimonio se hizo más fuerte al tener que superar ese dolor juntos.

Max siguió haciéndose buena fama y su suerte lo acompañó. En 1934 le encomendaron una misión importante: recorrer la cuenca del río Jabur, en el norte de Siria, y analizar los *tell* que contenían posibles hallazgos interesantes. Esta vez la felicidad fue completa. Uno por uno los fue analizando y anotando metódicamente hasta casi hacer perder el sentido a su mujer, que ya estaba harta de revolver vasijitas viejas y estatuillas de mujeres de pechos y caderas enormes.

Pero por las noches, la abrazaba muy fuerte y la consolaba y ella cedía. Y entonces, a la mañana siguiente, volvía la Agatha que él conocía, la que estaba dispuesta a limpiar cuencos, atender a los trabajadores y cocinar cuando la exasperaba la mala comida del cocinero que habían contratado. Si hacía falta, empujaba el Queen Mary, el ruidoso Ford de cuatro cilindros pintado de color lavanda que habían comprado por ciento cincuenta libras y que había resultado una pesadilla durante todo el viaje de exploración.

Max, orgulloso, en su vagón, después de la cena con Schaeffer y su asistente, miraba las estrellas y recordaba que había estado llenando las páginas en blanco de la historia, conociendo civilizaciones que se creían perdidas y cuestionando las creencias más básicas de la historia universal.

Tell Mozan, Tell Bran y Tell Chagar Bazar estuvieron a su disposición, listos para ser excavados. Dado que él había sido el primero en llegar hasta ellos, le permitieron elegir. Después de un largo análisis y reflexión, se había decidido por Chagar Bazar.

Hacia allí se dirigía como jefe de la expedición del Museo Británico, en la segunda campaña de excavación. Su esposa, Agatha Christie, lo esperaba para compartir la vida con él.

23

Vamos, cuéntame cómo vives

Agatha escribía en su habitación. El ruido de la máquina de escribir era un sonido familiar y agradable que hacía eco entre las paredes. De a ratos, cuando no sabía qué escribir, se alejaba de la máquina y salía de la casa, para ver que todo estuviera como a ella le gustaba.

Los criados la llamaban "señora Mallowan" y era lo que más le agradaba del tell Chagar Bazar. En Londres, donde vivían la mayor parte del tiempo, la llamaban "señora Christie" y ella respondía como si le hubiesen tirado encima una peste horrenda y dolorosa. Podía ser "Agatha Christie" la escritora en la cubierta de sus libros. Pero era Agatha Mallowan en el resto de la vida y así debían llamarla.

Dejó en suspenso la escritura y salió de la casa. Vio a los hombres trabajando a lo lejos. El *tell* se veía claramente, como una hinchazón sobre la verde estepa siria, con muchos hombrecitos trabajando sobre él. Podía distinguir a dos de esos hombres con mucha rapidez: uno, el capataz, Hamoudi, tesoro de la excavación de Ur. Max lo había tomado para sí una vez finalizados sus trabajos con Woolley y confiaba en él más que en nadie. Controlaba a los hombres con su porte de águila y sus tres hijos, que habían venido desde la cercana Yarábulus para trabajar con ellos. Al otro hombre que distinguía sin duda alguna era, por supuesto, a Max, el jefe de la expedición, su esposo.

Más cerca, hacia su derecha, estaba el caserío del jeque local. Un hombre siempre vestido con una túnica blanca y un turbante verde que les cuidaba la casa mientras ellos volvían a Inglaterra. Además, les prestaba sus hombres —por una suma que Max encontraba exasperante— para la excavación del *tell*. Pero Agatha lo comprendía, el jeque estaba muy endeudado, las cosechas habían sido muy malas en esos años, y se abusaba de la generosidad de los ingleses a la hora de cobrar.

Por esos días, ella estaba trabajando en una historia sobre una excavación arqueológica y por eso no estaba en el *tell*, codo a codo junto a Max. De hecho, le preocupaba bastante saber si estarían quitándole bien la tierra adherida a las vasijitas de la cultura Halaf, cultura prehistórica tan querida y apreciada por su esposo. Ella había inventado su propio método y quería que se llevara a cabo con eficiencia.

En uno de los tantos viajes, había descubierto que la tierra se podía quitar perfectamente con crema para la cara, trabajando muy despacito sin romper la vasijita o las preciadas estatuillas de mujeres gordas y cabeza alargada que habían descubierto en el *tell*. Un poco como ella, pensaba con tristeza al ver sus ropas ensancharse cada vez más. Pero si Max sentía fascinación por esas damas rollizas, quién era ella para discutirle al doctor Mallowan.

El jeque Ahmed la vio a lo lejos y la saludó. Lo único que entendió fue "Jatún" que era como llamaban a la señora del "Khwaja", el "jefe" en árabe. Agatha lo saludó pero esperó que el jeque no entendiera esto como una señal para que se aproximase. El hombre solía deshacerse en saludos y reverencias que ella no entendía y la hacían sentir muy incómoda. Para que el jeque no avanzara, entró de repente a la casa, sin mirar hacia atrás.

Se sentó frente a la máquina pero seguía distraída con Max y la excavación. Quizá lo mejor fuera abandonar la escritura, escribir las ideas en libretitas y, al llegar a Inglaterra, poner la historia por escrito con la ayuda de Carlo y el magnetófono.

Agatha se reclinó sobre su silla y respiró.

Evocó esa tranquilidad que sintió al recorrer el templo de los adoradores de Shaitan. "Son adoradores de Satán, el diablo" le había contado a su hermana Madge cuando estaban en Abney Hall. "Nunca he sentido tanta paz y tranquilidad como en ese lugar. Si alguna vez estás por los alrededores de Mosul, Punkie, te recomiendo visitar el templo de los yazidís". "Primero muerta", respondía Madge, y ella y James estallaban en carcajadas. Madge era muy cristiana, también Agatha, pero la vida en Oriente la había hecho apreciar otras culturas, formas de pensar y sentir, emociones que jamás habría conocido de no ser por Max y su formidable idea de enamorarse de ella y casarse. Los adoradores de Satán habían resultado ser hombres pacíficos y amables. Quién lo hubiera dicho.

El amor había tocado a su puerta sin que ella tuviera esperanza alguna. En ese año de 1930, contra todo lo esperado, había descubierto que aún podía ser amada. Nadie, ni Punkie ni Carlo, las dos que mejor la conocían, habían podido vaticinarle semejante fortuna. Ni ella, al llegar, habría podido imaginar que ese joven serio y de ojos oscuros y atentos fuera a convertirse en el hombre que trabajaba subido a una colina artificial, muy cerca de allí, y al que esperaba con el corazón y el alma.

Seguía siendo una mujer tímida y cuanto más fama adquirían sus libros, más tímida se sentía. Max, Rosalind y su familia eran su refugio contra todo lo que le hacía sentir miedo. Siria era un lugar vacío de periodistas y demás curiosos que querían inspeccionar su vida. No habían olvidado el episodio de Harrogate y querían más. Agatha los despreciaba y dependía de Edmund Cork para mantenerlos alejados. Sus novelas tenían cada vez más éxito, *Asesinato en el Orient Express*, sobre todo. Siria era ese lugar donde podía olvidar que era una escritora famosa.

A sus amigos, claro, les contaba lo que podía. Todos estaban fascinados con sus viajes en el Orient Express y la novela que la había hecho más famosa. Querían más asesinatos y más Poirot. Ella comenzaba a sentir que escribir era una obligación y a veces, como en ese momento frente a la máquina, se desesperaba y sentía que no podía volver a hacerlo, que ya estaba, que no había más novelas escondidas en su cerebro.

"Vamos, cuéntanos cómo vives" le decían sus amigos y ella no podía llegar a transmitir lo que sentía cuando estaba allí, viviendo cerca del jeque y sus mujeres graciosas y cubiertas con velos, que la miraban con curiosidad.

La vida era simple. Levantarse al amanecer, acompañar a Max y buscar en la tierra, ver los colores del cielo nacer en la mañana y variar de manera permanente hasta el anochecer. Las estrellas en su estado más puro, como las habían visto esos hombres que, alguna vez, habían habitado el suelo de Siria y habían dejado estatuillas y vasijas decoradas. ¿Habría alguna contadora de historias como ella en esa antigua ciudad de cinco mil años? No lo sabían, los habitantes del *tell* Chagar Bazar no habían aprendido a escribir.

No podía explicarles a sus amigos que cuando estaba en Devon extrañaba Siria y que cuando estaba en Siria añoraba Devon y sus colinas verdes, el mar azul, su hogar, la crema de Devon y, sobre todo, a su hija Rosalind, que ya era una mujercita y necesitaba todo el cariño y apoyo que una madre podía darle.

Trató de concentrarse de nuevo en la hoja que tenía en frente.

Fue inútil.

Definitivamente, esta historia sería de libretita de apuntes. Así que sacó la hoja de la máquina y tomó la primera libreta que encontró a mano.

"Una excavación arqueológica en Mesopotamia."

"Un arqueólogo y su esposa bella y frívola."

"Un joven arqueólogo."

"Un arquitecto."

"Un sacerdote epigrafista."

"Un doctor y una enfermera que deben atender a la esposa caprichosa del arqueólogo."

"¿Ella cuenta la historia?"

"La esposa del arqueólogo se comporta de manera extraña. ¿La están envenenando sin que lo sepa? ¿Ella muere? ¿Quién la mató?"

"¿Cómo podrá resolverse semejante misterio? ¿Quién podrá resolverlo?"

Agatha levantó el lápiz y se quedó mirando la libretita. Después, alzó los hombros y con una sonrisa escribió:

"Hércules Poirot".

Palabras finales

Trabajar con una escritora como Agatha Christie ha sido un gran desafío. Agatha Christie es una de las autoras más vendidas del mundo. Todos, en algún momento, hemos leído algún clásico de Agatha. Tiene legiones de fanáticos que dicen con orgullo haber leído todas sus novelas y adorar a Hércules Poirot y a la señora Marple. Se comprenderá, entonces, por qué resultaba compleja tarea la de escribir un libro sobre una mujer tan admirada. Todo el tiempo imaginaba a los miles de fanáticos de sus novelas vigilar cada una de mis palabras como si fuesen el mismo *monsieur* Poirot.

La vida de Agatha, por fortuna está muy bien documentada: hay fotografías por doquier, filmaciones, cartas, material periodístico e incluso material de estudios arqueológicos.

¿Qué camino tomar? Era la pregunta que me hacía a la hora de empezar a escribir. Sabía qué historia quería contar: la del segundo amor de Agatha. Una historia conocida, pero no tanto, la historia de Agatha Mallowan, la mujer del prestigioso arqueólogo sir Max Mallowan. Es una historia intensa, breve, narrada —con distintos matices— en sus respectivas autobiografías. Ellos mismos dejaron registro de sus aventuras en Ur y el desierto iraquí y resulta extraño que nadie, hasta ahora, la haya reconstruido. En ocasiones, los datos que ambos aportan son contradictorios, así que tuve que volverme salomónica y optar por una solución intermedia —en especial en el caso del auto varado en el desierto y si volvieron, o no, a Kerbala—.

Fue una tarea placentera conocer a la mujer que existía detrás de uno de los nombres más famosos y reconocidos. Y la mujer detrás del nombre fue la mujer que quise contar en esta novela. Una Agatha frágil, herida por un divorcio no querido, temerosa, insegura, sensible. Una mujer que escribía sus obras a pesar del dolor que sentía y de la confusión que la habitó luego de la muerte de su madre y su separación de Archibald Christie.

Si bien existe gran cantidad de material, hay misterios que aún no están del todo explicados. ¿Qué pasó realmente en esos once días de diciembre de 1926 cuando Agatha desapareció? Existen varias hipótesis —y hasta una película— sobre ese tema pero ninguna respuesta. Los diarios amarillistas de la época llenaron sus páginas con la desaparición de la autora de misterio. La policía estuvo totalmente despistada hasta que dos músicos del hotel Swan Hydropathic de Harrogate avisaron que ella estaba en ese lugar.

Opté por seguir las pocas palabras que dedica ella a la desaparición en su *Autobiografía*, la completa biografía *Agatha Christie* de Janet Morgan, las breves frases de Max Mallowan en sus memorias, y las pistas que ella misma da en *Retrato inacabado*. La muerte de su madre y el divorcio de Archibald Christie, fueron las causas que llevaron a Agatha a una crisis emocional y a su posterior desaparición.

El misterio del "hombre del fusil" no es ningún misterio. Agatha lo cuenta en su *Autobiografía* y Max Mallowan hace referencia a ese sueño en sus Memorias. De hecho, fue la misma Agatha, bajo el seudónimo de Mary Westmacott la que habla en mayor extensión de la pesadilla de "el hombre del fusil" ("the gunman"). No es la novela mencionada aquí, *Un amor sin nombre*, publicada en 1930, la primera de las novelas de Westmacott. Es en *Retrato inacabado* (*Unfinished portrait*) donde Agatha toma el tema del "hombre del fusil" y lo convierte en eje de la novela. Max Mallowan recomienda leer *Retrato inacabado* para comprender a la verdadera Agatha. Y, por mi parte, aconsejo leer *Retrato inacabado* junto a la *Autobiografía* para vislumbrar cuánto de ella misma cuenta Agatha en esa novela, y cuánto oculta en las novelas de misterio.

Un misterio más elusivo es la figura de Katharine Woolley. Una de las mujeres más interesantes con las que me crucé a la hora de escribir esta novela —supongo que porque no tuve que lidiar con ella. Agatha habla de Katharine todo el tiempo, hechizada por razones que, creo, solo ella alcanzaba a ver. Gertrude Bell —otra mujer interesante del Oriente— la llamó "una mujer peligrosa". Max Mallowan habla de ella en sus Memorias con mucha discreción, propia de un inglés educado de esos años, pero se nota que no disfrutaba de su compañía. Antes de su muerte por esclerosis múltiple, Katharine ordenó destruir todos sus papeles, de modo que queda muy poca información directa sobre ella. Sin embargo, sí está comprobada la condición médica nombrada al final de la novela y que el suicidio de su primer marido fue después de conocer esta noticia.

No quería que este libro fuese una biografía de Agatha Christie. Quería contar, más bien, cómo dos personas de pronto se encuentran y se enamoran sin esperarlo, como hicieron Max y Agatha. Los dos fueron protagonistas y esta novela es sobre sus aventuras y sus sentimientos en ese año de 1930.

Para muchos Max Mallowan puede ser un descubrimiento. Para mí sucedió al revés. Conocía la historia a través de Max, mucho antes de conocerla a través de Agatha. Durante ocho años, en la Universidad de Buenos Aires, fui docente de Historia Antigua de Oriente, junto al doctor Bernardo Gandulla. Quizá me quede un poco grande decirlo pero, al igual que Max Mallowan, fui formada como asirióloga. Los nombres de Ur, Nippur, Chagar Bazar, Tell Brak son para mí mucho más familiares que los propios títulos de Agatha Christie. Durante años, Bernardo, en cada clase que hablaba sobre Chagar Bazar me pedía, delante de los alumnos, que escribiera la historia de Max Mallowan y Agatha Christie. Tardé bastante, pero lo hice. Con cariño, esta historia está dedicada al doctor Gandulla en agradecimiento a todo lo que aprendí en esos años sobre cacharritos y estatuillas.

Varios libros fueron necesarios para escribir esta historia. Dos de ellos, indispensables: la *Autobiografía* de Agatha Christie y *Las Memorias de Mallowan,* de Max Mallowan. Una biografía muy completa y recomendable es la de Janet Morgan, *Agatha Christie*. Otro libro importante fue *Agatha Christie. Cuadernos secretos,* de John Curran, libro que analiza las famosas libretas de apuntes de Agatha y explica, dentro de lo posible, su intrincado proceso al armar una novela de misterio. Un libro que no utilicé tanto, por el período que abarca, pero recomiendo muchísimo es *Ven y dime cómo vives*. Ese libro es una respuesta de Agatha a los muchísimos pedidos de sus amigos por la descripción de sus aventuras en Oriente. También es el único de sus libros firmado como Agatha Christie Mallowan.

Es época de recursos on line y dos sitios fueron indispensables para la reconstrucción de la vida en Ur. El primero, el sitio web de la Universidad de Pennsylvania dedicado a las campañas de excavación realizadas por Leonard y Katharine Woolley. Este me ayudó a comprender el tamaño de la tarea y la importancia de los hallazgos. El sitio es www.penn/museum, en inglés, con un diseño sumamente claro y uno puede perderse entre las maravillosas imágenes de los tesoros de Ur. Tan delicada es la tarea del museo que pueden verse escaneos de las propias cartas de Leonard Woolley o los inventarios de Max Mallowan. Allí también se puede encontrar la diadema de la reina Shub-ad, ahora denominada Puabi, dado que Leonard Woolley, en su momento, había hecho una lectura incorrecta de su nombre.

El otro sitio es www.ur-online.org, sitio sostenido en conjunto por la Universidad de Pennsylvania y el Museo Británico. El sitio, en inglés, contiene biografías y fotografías de los miembros de la expedición (incluido el famoso Hamoudi), imágenes de los hallazgos encontrados en la excavación y escaneos de los reportes de las campañas arqueológicas hechos por Leonard Woolley.

Un aporte valiosísimo a este libro lo hicieron Marisa Solovey y Rolo Bobbiesi durante su luna de miel. Respondieron a un pedido desesperado mío por conseguir *Las Memorias de Mallowan*, libro esencial para conocer la "otra parte" de la historia. Gracias a los dos por tomarse ese ratito en Londres y conseguirme el libro.

María José Mansilla está ahí, como siempre, para escucharme cuando todo parece tambalear. Gracias por estar siempre, Majito. Lo mismo, Marcela Calderón, quien me acompaña —y a quien acompaño— en las horas de trabajo. A las dos, gracias por la compañía.

Animo al lector a buscar en internet los nombres de los lugares mencionados en esta novela y sorprenderse con la tarea que estaban realizando estos aventureros en la década de 1930. El lector también descubrirá que es muy posible que esos sitios ya no existan.

Mientras escribía esta novela —todo el año de 2016 y parte del 2017— Irak y Siria fueron arrasados por una guerra civil contra el Ejército Islámico. Todos los lugares mencionados en esta libro se vieron, de un modo u otro, afectados por la violencia y la crisis civil y militar que aún viven esos dos países. El estado de los *tell*, esos fabulosos tesoros a cielo abierto, se desconoce. Ciudades antiquísimas fueron destruidas. Alepo yace en ruinas y miles de civiles se vieron lanzados a las costas del Mediterráneo para salvar sus vidas. Muchos han muerto en el mar. Otros en las playas del Mediterráneo occidental. Muchos otros sobreviven, con un destino incierto dispersos en países que no quieren recibirlos.

Esperemos que puedan volver a su tierra y que, como dice Agatha, todas esas cosas bellas no hayan perecido sobre esa tierra.

Insh'Alah.